Dario Fo

Er hatte zwei Pistolen und seine Augen waren schwarz und weiß

Rotbuch 331

COMPAGNIA

DARIO FO - FRANCA RAME

AVEVA DUE PISTOLE CON GLI OCCHI BIANCHI E NERI

3 atti di DARIO FO - Musiche di FIORENZO CARPI

ER HATTE ZWEI PISTOLEN UND SEINE AUGEN WAREN SCHWARZ UND WEISS

Komödie in drei Akten
mit Gesang von Dario Fo

Aus dem Italienischen von
Peter O. Chotjewitz

Rotbuch Verlag Berlin

Originaltitel:
Aveva due pistole con gli occhi bianchi e neri
Erstaufführung am 2. September 1960 im Odeon-Theater, Mailand
Texänderungen sind mit dem Übersetzer als Vertreter des Autors abzusprechen.

1. Auflage

Umschlaggestaltung: Walter Hellmann
Gesamtherstellung: Neue Presse, Coburg
 Printed in Germany
Aufführungsrechte für den deutschsprachigen Raum
beim Verlag Autorenagentur, Frankfurt
ISBN 3 88022 331 9

Die Abbildungen auf Seite 2 und 5 zeigen Theaterzettel anläßlich der Aufführung des Stückes in Mailand 1960.

Der erste Akt und Szene eins und zwei des zweiten Aktes spielen 1918. Ab Szene drei, zweiter Akt, spielt das Stück 1924/1925.

Personen des Stückes

Professor
Stabsarzt
Arzt
Zwei Krankenpfleger
Der Mann ohne Gedächtnis/Giovanni Gallina
(Doppelrolle)
Luisa, seine Frau
Angela
Luigi, ihr Mann
Der Blonde
Wachtmeister
Assistent
Zwei Polizeibeamte
Polizist-Frau
Polizist-Kellner
Kommissar
Barbesitzer
Oberkommissar
Tolle-Ede
Ferrari
Porsche
Olle Flinkbein
Fritze Frühstück
Rechtsanwalt
Don Antonio

Bei den Chargen sind Doppel- und Mehrfachbesetzungen möglich.

1. Akt

1. Szene

Die Bühne stellt eine Abteilung eines psychiatrischen Krankenhauses im antiken Stil dar: Rundbögen, zweistöckig, und Säulen an den drei Wänden. Alles erinnert an den Kreuzgang eines Klosters. Von der Balustrade schreiten die Ärzte und Pfleger herab. Sie tragen weiße Kittel, darüber weiße Mäntel mit einem roten Kreuz, wie es der maltesische Ritterorden verwendet. Sie singen im Chor.

CHOR Noch immer gefesselt am Kaukasus steht
aufgehängt wie ein Lämmchen Prometheus:
Die Milz hängt heraus, aus dem Mund wachsen
Blumen.
Zu Recht erleidest du diese Strafe.
Ein Hoch auf Jupiter und die Reaktion!
Noch immer liegt in der Engelsburg Galilei,
lauscht nach draußen,
betrachtet erblindet die Sterne:
Doch die Sterne schweigen.

Zu Recht erleidest du diese Strafe.
Und diesmal ein Hoch auf die Inquisition!
Doch nun erlebt, welches Schicksal erleidet,
wer seine Augen am Lichte weidet.
Wenn er gewöhnt ist im Dunkel zu leben,
wo die Fenster nur aufgemalt sind.
Vieles mag's im Gehirne geben,

Unerhörtes birgt sein Gewind.
Doch wenn der Kopf es nicht versteht,
gebiert er Wahnsinn und Absurdie,
Unlogik und Pathologie.
So hört und lernt denn die Lektion
von der Zusammenkunft
zwischen dem Menschenverstand und
der Vernunft.

Während die Musik ausklingt, stellen sich die Ärzte und Pfleger auf, legen die Umhänge ab und reichen sie einem Pfleger. Ein Arzt nimmt ein Megaphon und geht die Treppe hinauf.

PROFESSOR Der erste Fall bitte.
(Pfleger und Ärzte rufen den Befehl weiter, bis er oben auf der Galerie angekommen ist und von dem Arzt mit dem Megaphon ausgerufen wird.)

ARZT MIT MEGAPHON Der erste Fall!

PROFESSOR Ist er vorbereitet worden?

KRANKENSCHWESTER Jawohl, Herr Professor, durch leichte Hypnose.

PROFESSOR Gut, vorlesen.

KRANKENSCHWESTER »Fall 35.7 D. Komplexer Fall von totalem Gedächtnisschwund. Bedingte Reflexe: Unlogisch. Assoziative Reflexe graduell: Koeffizient Null. Ergebnis der psychodynamischen und psychografischen Untersuchung: Ungenügend.«

PROFESSOR Befund?

KRANKENSCHWESTER Anamnese unbekannt.

PROFESSOR Interessiere mich nicht für die Anamnese … Kommen Sie zum Ergebnis.

KRANKENSCHWESTER Wie bitte?

PROFESSOR Zur Diagnose!

KRANKENSCHWESTER Ah, ja … Verdacht auf Simulation und Vortäuschung von Reflexen!

MAJOR Das fragliche Subjekt ist ein Deserteur, der eine Total-Amnesie vortäuscht, um dem Kriegsgericht zu entgehen. Habe die Untersuchungen selber geführt, Professor.

PROFESSOR *(sieht die glänzenden Offiziersstiefel unter dem weißen Kittel)* Der Herr Oberstabsarzt, welche Ehre! Und die Beweise?

MAJOR Eine Wolldecke.

PROFESSOR Eine Wolldecke?
(Das Wort wird von Mund zu Mund weitergegeben, bis es oben auf der Galerie anlangt.)

ARZT MIT MEGAPHON *(ruft)* Eine Wolldecke!

MAJOR Es handelt sich nicht um die landesübliche Decke

zum Hausgebrauch, sondern um das Tuch aus Flanell, das in sämtlichen Waffengattungen zur Dienstkleidung gehört. *(Bei dem Wort »Waffengattungen« nehmen die Anwesenden Habtachtstellung ein.)*

MAJOR Rühren, rühren ... Flanelldecke, die der angeblich Gedächtnislose auf der Haut trug, als er gefunden wurde. Jetzt wissen wir aber, daß der Soldat sich dermaßen an dieses obligatorische Stück gewöhnt, daß er sich niemals von ihm trennen würde. Wie es schon in dem bekannten Volkslied heißt:

Lockenköpfchen, Blondes du,
bist so zart wie meine Decke.
Immer werde ich dich schmecken,
da ich dich gekostet habe.

(Kurzer Applaus der Ärzte für den Liedvortrag)

PROFESSOR Das ist wirklich ein entscheidendes Argument. Alle Achtung!

DIE ÄRZTE *(drücken dem Major ihre Achtung aus)* Alle Achtung! Alle Achtung!

ARZT MIT MEGAPHON Alle Achtung!

(Von hinten wird ein Rollstuhl hereingefahren, in dem ein Priester sitzt.)

PROFESSOR Können wir diesen angeblichen Fall von Gedächtnislosigkeit einmal sehen?

MAJOR Da, bitte.

PROFESSOR Wie?

PRIESTER *(verblüfft)* Äh?

MAJOR Das ist er.

PROFESSOR Der Deckenfall?

MAJOR Genau.

ARZT Ein Priester mit Wolldecke? Außergewöhnlich!

MAJOR Tja, außerordentlich.

PROFESSOR Und wie erklären Sie uns die Kleidung?

MAJOR Noch eine Vortäuschung.

PROFESSOR Sind Sie sicher, daß diese Wolldecke nicht auch für Kirchendiener vorgeschrieben ist?

MAJOR Ganz sicher. Habe die Ordenskongregation für die priesterliche Intimbekleidung konsultiert. Kleidungsstück ist erlaubt, aber nicht vorgeschrieben.

PROFESSOR Gut. Profitieren wir nun von der Hypnose, in

der sich unser Patient befindet, und versuchen, Gründe zu rekonstruieren, die seine Krise ausgelöst haben. *(Er wendet sich an einen der Ärzte.)* Zunächst Sie: Welches sind die Ursachen, die in durchschnittlichen Wesen einen Schock auslösen können, der zum Gedächtnisverlust führt?

ARZT Das physische und das psychische Trauma.

PROFESSOR Genau. Haben wir einen Hinweis auf ersteres?

MAJOR Kein physisches Trauma.

ARZT Aber er hat ein Putzknie.

PROFESSOR Was? Ein Putzknie?

ARZT Nicht schwerwiegend, aber er hat es.

PROFESSOR Warum ist mir das nicht sofort gesagt worden?

ARZT Wir glaubten, eine Entzündung des Meniskus hätte nichts mit seiner Amnesie zu tun.

PROFESSOR Mit der Amnesie nicht, aber mit der Wahrheitsfindung. Wissen Sie, was diesem Unglücklichen blüht, wenn wir feststellen, daß er simuliert? Das Kriegsgericht mit anschließender Erschießung! *(Bei dem Wort »Erschießung« wirft der falsche Priester sich auf die Knie und beginnt zu schießen. Er spielt einen regelrechten militärischen Angriff und wirft Handgranaten. Alle schauen ihm aufmerksam zu.)*

PROFESSOR Halt, nicht stören! Etwas muß in ihm eine amnemische Reaktion hervorgerufen haben. Wenn wir den Lauf seiner Erinnerungen nicht unterbrechen, werden wir einiges herausfinden.

(Der Patient führt einige Handbomben zum Mund, um die Sicherung mit den Zähnen herauszureißen. Er hält inne, schnüffelt an einer der imaginären Handgranaten und beißt hinein, als wäre es ein Apfel. Nachdem er den ersten Bissen gekaut hat, spuckt er die Kerne aus. Er nimmt eine andere und poliert sie sorgfältig an seinem Ärmel. Die Handbewegung weckt in ihm den Wunsch, sich zu kratzen, als wäre er voller Läuse. Er scheint eine gefangen zu haben. Er hält sie zwischen Daumen und Zeigefinger. Die Haltung seiner Finger erinnert ihn daran, wie man eine Blume hält. Er überreicht die imaginäre Blume einer ebenfalls imaginären Dame, um-

armt sie, drückt sie an sich und zwingt sie, sich ebenfalls hinzuknien. Einen Augenblick lang begehrt sie auf, schmiegt sich jedoch sofort wieder an ihn und legt ihren Kopf auf seine Schulter. Das erinnert ihn an die Haltung eines Straßenbahnfahrers.)

ARZT Was macht er denn jetzt ... Er fährt Straßenbahn?
PROFESSOR Rasch, kommen Sie! Wir fahren mit!

(Alle Anwesenden tun so, als wären sie in einer Straßenbahn, und bewegen sich im Fahrtrhythmus: Abruptes Bremsen, überraschendes Anfahren, Geholper. Leute, die ein- und aussteigen. Nach einer Weile verläßt der Patient seinen Platz im Führerhaus, als wäre die Endstation erreicht. Er steigt aus und beginnt die Straße entlangzugehen. Die Ärzte tun so, als folgten sie ihm. Der eine schlendernd, der andere aufmerksam etc. Einer mimt einen Alten, der sich fürchtet, die Straße zu überqueren, weil der Verkehr zu dicht ist, usw.)

ARZT Die Stechkarten bereithalten.
(Der Patient und die Ärzte passieren einen engen Fabrikeingang, wo die Stechkarten abgestempelt werden, und stellen sich dann in einer Reihe auf, wie am Fließband.)
ARZT Das Band ist kaputt!
(Der Patient eilt am Fließband hin und her und bewegt die Arme der Ärzte und Pfleger, als wären es Hebel einer Maschine.)
PROFESSOR Nehmen Sie auf, Fräulein: Der Patient hat Kenntnisse als Mechaniker.
(Die Arme der Ärzte und Pfleger bewegen sich immer heftiger und treffen mehrfach den Professor.)
PROFESSOR Ich korrigiere: Er versteht davon nicht das geringste.
(Der pantomimische Vorgang wird unterbrochen.)
PROFESSOR Fassen wir zusammen. *(Er diktiert einer Krankenschwester, die seine Angaben einträgt.)* Patient hat gute soziale Anlagen, wenngleich nur Straßenbahnfahrer, ist menschenlieb, jedoch nicht kleinmütig, eher entschlußfreudig und großherzig.

(Der Professor leitet diese Erkenntnis von den gleichzeitig stattfindenden pantomimischen Ereignissen her: Die Ärzte schlagen auf den Patienten ein, streiten untereinander und belästigen Mädchen auf einem nicht vorhandenen Bürgersteig. Der Patient beschützt das Mädchen. Er bekommt einen Orden verliehen. Nach ein paar Schritten begegnet er einem Bettler und schenkt ihm den Orden. Schließlich bleibt er verzückt stehen und kniet nieder, um zu beten.)
Fügen Sie dazu, Fräulein: Gläubiger Mensch.

(Alle ahmen ihn nach und geben sich einen reuevollen Ausdruck. Der Patient veranlaßt sie, sich in zwei Reihen aufzustellen und unter seiner Leitung einen Chor zu singen.)

CHOR Ach, was ist die Welt so wunder-, wunderschön,
siehst du sie nicht auf den Füßen stehn!
Wenn du Kopfstand machst, ist kaum zu glauben,
wenn der Kopf nach unten hängt wie Trauben.

Am Himmel fliegen Pferde flink,
die Fische schwimmen heiter durch das Gras.
Da, eine Blüte saugt an einem Schmetterling,
der eben noch auf einer Hummel saß.
Du siehst: Ein Pfarrer legt vor einem Dieb
die Beichte ab.
Die Waisenkinder sammeln ihre Nonnenschwestern
ein.
Du siehst Minister, die beraten mit dem Stab.
Und Polizisten hauen ihnen ihre Schädel ein.

(Am Ende des Liedes fällt der Patient förmlich in sich zusammen, als hätte man aus ihm die Luft herausgelassen. Das Personal versorgt ihn wieder in seinem Rollstuhl.)

PROFESSOR Sagen Sie, Herr Major, halten Sie es für möglich, daß ein Mensch mit einer derartigen Moralauffassung sein Vaterland verraten könnte?
MAJOR Warum nicht? Haben Sie noch nichts von Kriegsdienstverweigerung gehört?

ARZT Gewiß, aber wie erklären Sie sich das Putzfrauenknie?

MAJOR Was hat das Knie damit zu tun?

ARZT Man beugt das Knie zum Beten und man beugt das Knie zum Schießen. Sagt Ihnen dieser Vergleich irgend etwas?

MAJOR *(verblüfft)* Nein, mir nicht. Ihnen?

ARZT Mir auch nicht. Aber es ist ein schöner Vergleich, oder?

PROFESSOR Finden Sie nicht, daß Sie ein wenig über's Ziel hinausschießen? Fassen wir unsere bisherigen Beobachtungen zusammen. Erstens ... Schreiben Sie, Fräulein: Das fragliche Subjekt verfügt über hervorragende moralische und soziale Qualitäten ...

ARZT Und besitzt Anlagen zum Belcanto ...

PROFESSOR Das gehört bereits zu den moralischen Qualitäten.

ARZT Einspruch, Herr Professor. Man kann stockunmusikalisch und trotzdem ein guter Christ sein.

PROFESSOR Wer musikalisch ist, ist der bessere Christ, weil er in der Kirche singen kann.

ARZT Nehme alles zurück.

PROFESSOR Punkt zwei: Das Putzfrauenknie ... Halt, wir übersehen gerade die wichtigste Entdeckung; die Sache mit der Straßenbahn. Bekanntlich sind sämtliche Straßenbahnführer vom Wehrdienst befreit, selbst in Kriegszeiten. Wenn jemand also von seinem Dienst als Straßenbahnführer desertiert, kommt er nicht vor's Kriegsgericht. Soweit ich weiß.
(Alle lachen. Der Priester lacht ebenfalls, jedoch heftiger als die anderen: ein hohes Gelächter. Die Ärzte unterbrechen sich und schauen ihn an. Nun unterbricht auch der Priester sein Gelächter. Kurze Pause.)

PRIESTER Ja, ja ...

MAJOR Gut, aber wo bringen wir seinen Meniskusschaden unter?

PROFESSOR Machen Sie damit, was Sie wollen. Sie haben ihn gefunden. *(Alle lachen.)*

MAJOR *(beleidigt)* Ich wüßte nicht, was es da zu lachen gibt.

ARZT Ach, wissen Sie, ich habe zwar schon von Arbeiterpriestern gehört, aber noch nie von Straßenbahnpriestern. *(Alle lachen.)*

PRIESTER *(lacht ebenfalls, aber übertriebener als die anderen)* Oh, Mamma!

MAJOR Schluß jetzt! Die Herren übersehen offensichtlich, daß der Unterzeichnende vom Kriegsminister nicht hierher entsandt wurde, um den Hanswurst zu spielen, sondern um die Untersuchung zu beaufsichtigen.

PROFESSOR Genau! Und ich bin der erste, der Sie um Entschuldigung bittet. Wir werden auf den Fall später zurückkommen. Der nächste bitte!

(Wie eingangs rufen sich die Ärzte den Befehl zu, bis er bei dem Arzt mit Megaphon angelangt ist.)

ARZT MIT MEGAPHON Der nächste bitte!

SCHWESTER Es ist eine Frau, Herr Professor. Diagnose: ebenfalls Simulantin!

PROFESSOR Das ist ja eine Epidemie! Wer hat die Untersuchung geführt?

ARZT Ich, Herr Professor. Aber ohne Amnesie!

PROFESSOR Ein Glück! Und was fehlt ihr?

ARZT Ein komplexer Fall von latenter Paranoia oder, genauer gesagt, immobiler Psychopathie ... Wie gesagt, nur vorgetäuscht.

PROFESSOR Ursache?

ARZT Traumatischer Schock infolge von Straßenbahnunfall.

PROFESSOR Schon wieder die Straßenbahn. Das ist ja ein Cirkulus vitiosus.

(Der Priester wird mit dem Rollstuhl hinausgefahren. Von draußen hört man verzweifelte Schreie.)

FRAUENSTIMME Giovanni! Was haben sie mit dir gemacht? Sieh mich an, ich bin's, deine Luisa! Giovanni! Laßt mich los ... Giovanni!

PROFESSOR Verstehen Sie das?

FRAUENSTIMME Ihr Feiglinge! Verbrecher! Laßt mich los! Giovanni!

(Auftritt Luisa, zerzaust. Sie wird von zwei Krankenpflegern gewaltsam festgehalten.)

PROFESSOR Was ist passiert?

KRANKENPFLEGER Sie war völlig ruhig. Kaum, daß sie den Patienten sah, hat sie sich auf ihn geworfen und angefangen zu toben ... Sie bildet sich ein, ihn zu kennen.

ARZT Eine klassische Halluzination.

LUISA Ach was, Halluzination! Das ist mein Giovanni. Ich schwöre Ihnen ...

PROFESSOR Jetzt beruhigen Sie sich erstmal, liebe Frau. Da, setzen Sie sich. Sie sind also sicher, diesen Mann zu kennen?

LUISA Aber ja, er ist mein Mann!

PROFESSOR Ihr Ehemann!

LUISA Nicht mein Ehemann, weil es halt keine Scheidung gibt.

PROFESSOR Hm, das erklären Sie mal ... Sind Sie beide verheiratet oder nicht?

LUISA Ja, wir sind verheiratet. Deshalb wollen wir uns ja scheiden lassen.

PROFESSOR Verstehe! Sie verstehen sich nicht mehr.

LUISA Oh doch! Natürlich gibt's auch mal Streit, aber ...

PROFESSOR Und warum wollen Sie sich dann scheiden lassen?

LUISA Um heiraten zu können. Ist doch logisch!

PROFESSOR Nein, nicht ganz ...

LUISA Mir ist es ja im Grunde auch egal, aber Sie wissen ja, wie die Leute sind. Wir waren blutjung, wie wir geheiratet haben: Ich war 15 und er 18. Und stellen Sie sich vor: Davor hatten wir uns noch nie gesehen.

SCHWESTER Ja, ja, die übliche Rückständigkeit der Zwangsheiraten.

LUISA Aber ich habe ihn gleich geliebt, wie ich ihn gesehen habe. Und er mich auch.

ARZT Seien Sie vorsichtig, Herr Professor. Die überzeugt sogar den lieben Gott mit ihrem Geschwätz.

PROFESSOR Lassen Sie nur. Fahren Sie fort, bitte.

LUISA Wir haben uns direkt vor der Kirche getroffen, alle schrecklich aufgeregt wegen der üblichen Nachzügler. Jedenfalls, als es darum ging, wer zuerst in die Kirche darf, war im Nu die schönste Schlägerei im Gange. Ich kriegte einen richtigen Kloß in der Kehle, als ich merkte, wie meine schöne Hochzeit den Bach runterging. Er war noch immer dabei, sich zu prügeln, aber als ich plötzlich blaß wurde und umkippte, hat er mich sofort aufgefangen, und als ich die Augen wieder aufmachte, bat er mich um Verzeihung, ich habe ihm zugelächelt, er hat mich geküßt, und das war unser erster Liebeskuß.

ARZT Sehr poetisch.

LUISA In der Zwischenzeit waren auch die üblichen Nachzügler gekommen, und da wir uns inzwischen geeinigt hatten, wer zuerst hinein darf, haben wir geheiratet: Er seine und ich meinen.

PROFESSOR Wie meinen Sie das: Er seine und ich meinen?

LUISA Ich sage Ihnen doch, es war alles nur wegen der Zuspätkommer ... mein Mann und seine Frau.

PROFESSOR Ach so, Sie sind bis jetzt mit zwei verschiedenen Personen verheiratet?

LUISA Genau das erzähle ich Ihnen seit einer Stunde. Aus diesem Grund wollten wir uns ja auch scheiden lassen, um heiraten zu können, ich und mein Giovanni. Aber dann brach der Krieg aus, und er mußte sich als Freiwilliger melden.

MAJOR Professor, Ihre Straßenbahnerthese hat soeben einen heftigen Schlag erlitten.

PROFESSOR Lassen Sie mich bitte meine Untersuchung durchführen. Danach reden wir weiter. Liebe Frau, warum sagten Sie, Ihr Giovanni war gezwungen, sich freiwillig zu melden? Wer zwang ihn dazu?

LUISA Niemand, aber wenn er mal wieder raus wollte, mußte er sich zum Landsturm melden.

PROFESSOR Ein seltsamer Naturfreund!

LUISA Haben Sie nie im Gefängnis gesessen? Da können Sie nicht einfach das Fenster aufmachen, da ist immer ein Gitter davor. Beim Militär wurde er begnadigt, kriegte doppelten Sold und hatte außerdem die Genugtuung, weil er Hauptfeldwebel war, daß sämtliche Carabinieri stramm stehen und grüßen mußten, wenn er vorbeikam. Wie er das letzte Mal Urlaub hatte, war er nicht eine Stunde zuhause. Den ganzen Tag immer beim Gefängnis auf und ab, nur damit die vor ihm strammstehen mußten, wenn sie rauskamen aus San Vittore.

MAJOR Interessant!

LUISA Ich habe sogar ein Foto von ihm, in Uniform, wie er vor dem Gefängnis steht.

MAJOR Geben Sie her! Das ist er! *(Major geht ab.)*

PROFESSOR Ich muß schlußfolgern, daß Ihr Giovanni bei uns an der richtigen Stelle gelandet ist.

LUISA Ja, er wußte immer schon, wo's lang geht. Deshalb ist er ja so gerne Straßenbahn gefahren.

PROFESSOR So, und warum hat er es dann mit der Justiz zu tun gehabt?

LUISA Ein kleines Mißgeschick. Der Troller war rausgesprungen.

PROFESSOR Ist das so schlimm, wenn der Troller rausspringt?

LUISA Manchmal schon. Sie wissen, wie das ist, wenn einer abgegriffen hat. Das gerupfte Huhn spürt die Finger in der Tasche, gackert los, und wenn dann der Troller rausspringt, gibt's einen Ruck, der Paddendrücker muß sich festhalten, und ehe er sich versieht, sitzt er mit der Schore in der Tinte.

PROFESSOR Eine komische Sprache haben diese Straßenbahner.

LUISA Man sagt nicht Straßenbahner, sondern Zieher oder Seifensieder oder eben Paddendrücker, wie ich gesagt hab', weil er die Padde rausdrückt. Das Problem ist eben, weil sie in der Straßenbahn ohne Schlepper ziehen müssen.

PROFESSOR Und was sind das für Hühner?

LUISA Ja, die Fahrgäste, nicht wahr? Die er abgreift.

PROFESSOR Hm. Ihr Mann arbeitet also als Seifensieder in der Straßenbahn und hat Hühner abgegriffen. Verstanden.

LUISA Ja, als Taschendieb.

PROFESSOR Wie? Als Taschendieb? Nein . . .!

LUISA Doch, aber nur nebenbei. Um nicht aus der Übung zu kommen. An sich war er Taschenspieler.

MAJOR *(der inzwischen zurückgekehrt ist)* Eine erfolgreiche Laufbahn, alles, was recht ist. Bigamist, Taschendieb, Deserteur, Simulant. Glauben Sie nicht, daß es Zeit ist, das Protokoll aufzusetzen, Professor? Oder die Protokolle, denn gegen die Dame ist wohl ebenfalls eine Anzeige fällig.

PROFESSOR Nein, unsere Untersuchung betrifft im Moment nur den Mann. Ich wüßte nicht, wen sie geschädigt haben sollte.

MAJOR Oh, doch, mein Herr, sie hat versucht, die städtischen Verkehrsbetriebe zu schädigen. Denn wenn wir festgestellt hätten, daß die Dame infolge ihres Unfalls in der Straßenbahn einen Schock erlitten hat, wäre ihr ein Schadenersatz in beträchtlicher Höhe ausgezahlt worden.

PROFESSOR Gut, einverstanden, aber lassen Sie uns trotzdem erst die vorige Untersuchung abschließen. *(Er geht mit den anderen Ärzten beiseite und redet halblaut mit ihnen.)* Wir holen diesen Giovanni noch einmal herein, ziehen uns zurück und hören uns an, was sie sich zu sagen haben, wenn sie unbeobachtet sind.

MAJOR Einverstanden. Gehen wir.

LUISA Herr Professor!

PROFESSOR *(zu den anderen)* Ich komme gleich nach. Liebe Frau, ich verabschiede mich und danke Ihnen für alles ... Wir müssen leider gehen. Es ist spät geworden ...

LUISA Und mein Giovanni?

PROFESSOR Er wird sofort hier sein. Aber bitte, bleiben Sie ruhig. Er ist ein bißchen verstört. Benehmen Sie sich wie zuhause. Als wäre er nie fort gewesen. Ich gebe Ihnen eine gute halbe Stunde Zeit. Einverstanden?

LUISA Oh, ja, danke! Sie sind wirklich zu nett ... Danke. Das werde ich Ihnen nie vergessen.

PROFESSOR Ich fürchte doch.

LUISA Herr Professor, Verzeihung, hätten Sie wohl eine Zigarette? Ich bin so aufgeregt.

PROFESSOR *(gibt ihr Zigaretten und Feuerzeug)* Nehmen Sie, nehmen Sie alles und auf Wiedersehn.

(Luisa bleibt alleine zurück. Sie sitzt angespannt auf einem Sessel, schaut zur Tür und versucht, ihre Nervosität zu überspielen, indem sie scheinbar unbeteiligt raucht. Ihre Augen leuchten vor Freude. Zugleich muß sie die Tränen zurückhalten. Hinter ihr wird Giovanni

hereingeschoben. Luisa bewegt sich nicht. Der Pfleger entfernt sich unauffällig. Sie wendet Giovanni das Gesicht zu und lächelt zaghaft. Der Mann erwidert ihr Lächeln ängstlich.)

LUISA Hallo.

GIOVANNI Hallo.

LUISA Du siehst komisch aus in dieser Verkleidung. Wenn ich dich nicht kennen würde ... *(Sie schiebt ihre Hand hinüber.)*

GIOVANNI Mich nicht kennen? ... Wieso? Kennen Sie mich?

LUISA Sagst du jetzt Sie zu mir? Sie sind weg. Wieso spielst du überhaupt dieses Theater? He, sie wollen dir doch nicht etwa an den Kragen?

GIOVANNI An den Kragen?

LUISA Oh, mein Gott, bin ich blöd! Ja, deshalb hast du behauptet, du würdest mich nicht kennen. Ich wette, du bist abgehaun! Und ich habe ihnen alles gezwitschert. Oh, Giovanni, Giovanni ... Wie kannst du mir jemals verzeihen ...

GIOVANNI Ich heiße Giovanni?

LUISA Was?

GIOVANNI Ich fragte, ob ich Giovanni heiße. Und mit Nachnamen?

LUISA Oh nein, jetzt hör auf damit. Sie wissen sowieso schon alles.

GIOVANNI Ich versichere Ihnen, ich spiele kein Theater. Ich könnte schwören, bei allem, was mir teuer ist, aber leider entsinne ich mich nicht einmal mehr an mich selber. Nicht einmal an Sie, und Sie hätte ich bestimmt nicht vergessen.

LUISA Du erinnerst dich wirklich an gar nichts? Und du führst mich nicht an der Nase herum? Dann sind wir gerettet, Giovanni. Wer kein Gedächtnis hat, kann auch nicht desertieren. Aber wie ist das passiert? Nun ja, einiges kann ich mir vorstellen ... Wegen der Soutane ...

GIOVANNI Was können Sie sich vorstellen? Sagen Sie mir, was Sie wissen.

LUISA Erst mußt du aufhören, mich zu siezen. So langsam

komme ich mir vor, als würde ich dich auch nicht kennen ...

GIOVANNI Ich will's versuchen. Also, die Soutane?

LUISA In deinem letzten Brief schriebst du, du hättest dich die ganze Nacht in einer Jauchegrube versteckt nach einem fehlgeschlagenen Angriff und du hättest so gestunken, daß sie dich im Schützengraben nicht haben wollten. Du wärst dann in eine Sakristei eingestiegen, wo alles voller Priesterkleider war. Deshalb gehört nicht viel dazu, sich vorzustellen, woher die Soutane stammt!

GIOVANNI Gewiß, gewiß, dazu gehört nicht viel.

LUISA Soll ich dir was sagen? Ich finde es schön, daß du kein Gedächtnis mehr hast.

GIOVANNI Wieso das?

LUISA Weil wir nochmal von vorne anfangen könnten. Als ob wir uns noch gar nicht kennen würden. Am liebsten würde ich auch Sie zu dir sagen, damit es echter wirkt. *(Gerührt)* Guten Abend!

GIOVANNI *(überrascht)* Guten Abend ...

LUISA Oh, ... Pardon, Sie haben noch gar nicht gesagt, wie Sie mich finden. Gefalle ich Ihnen?

GIOVANNI *(explodiert förmlich)* Sehr! Und ich? *(Er zeigt ihr sein Profil.)*

LUISA Noch besser!
(Die Ärzte kommen zurück.)

PROFESSOR Gratuliere, Signora, Sie haben Ihrem Giovanni das Leben gerettet.

LUISA Danke, aber ich verstehe nicht ...

PROFESSOR Sie verzeihen. Wir haben Ihr Gespräch Wort für Wort mit angehört. Das Verhalten Ihres Giovanni, dazu Ihre Erläuterungen jenes Briefes aus dem Feld ...

MAJOR Brief oder nicht Brief, wer garantiert uns, daß die beiden nicht bemerkt haben, daß sie beobachtet werden, und uns etwas vorgespielt haben? Er den Mann ohne Gedächtnis und sie die verliebte Gans?

ARZT *(tritt ein)* Das kann ich Ihnen sagen.

MAJOR Was?

ARZT Daß Sie im Unrecht sind, wenn Sie den Herrschaften nicht glauben! Auf der Rückseite der Fotografie war die Adresse der Einheit des Mannes. Da nun zum Glück diese Einheit zu einem selbständigen Kommando gehört, war es durch ein einfaches Telefonat möglich, die Wahrheit herauszufinden. Hier ist sie. *(Er liest von einem Zettel ab.)* »Piave-Front, 2. Februar 1918. Der Sergeant Gallina Giovanni hat laut Urlaubsschein seit drei Tagen Sonderurlaub, der noch zwölf Tage dauert.« Das ist mir soeben von seinem Kompanieführer bestätigt worden: Hauptmann goldenes Tapferkeitsabzeichen Gianni Mazza.

PROFESSOR *(lachend)* Wenn das kein Beweis ist ... *(Zu Giovanni)* Ich bin sehr froh, vor allem für Sie, da Sie mir so sympathisch sind. Aber Sie müssen mir versprechen, nie mehr als Seifensieder aufzutreten und Hühner abzudrücken!

GIOVANNI Was soll ich machen?

PROFESSOR *(zu den Ärzten)* Er hat wirklich einen Totalausfall.

ARZT Die Dame hat recht: Um so besser. Solange er kein Gedächtnis hat, sind die Straßenbahnen sicher.

PROFESSOR Ich denke jedenfalls, liebe Frau, der Fall ist unkompliziert. Sie werden sehen, er wird wieder völlig normal werden.

LUISA Herr Professor, ich möchte Sie um einen Gefallen bitten. Darf ich hierbleiben, bis er wieder gesund ist?

PROFESSOR Nun, wie fühlen Sie sich? Da gegen Sie keine Anzeige vorliegt, können Sie die Wahrheit sagen.

LUISA Es ist so, wie der Doktor vorhin gesagt hat. Der Unfall in der Straßenbahn war nicht der Rede wert. Ich wollte nur ein paar Groschen Schadensersatz aus der Stadt rausschlagen. Aber jetzt, wo er wieder da ist ...

PROFESSOR Nehmen Sie ihn.

LUISA Wie bitte?

PROFESSOR Nehmen Sie ihn mit nach Hause. Das ist am besten für ihn. Sie bringen ihn täglich ein paar Stunden hierher zur Behandlung, und im übrigen gehört er Ihnen.

LUISA Ich kann ihn gleich mitnehmen?

PROFESSOR Gewiß doch, behalten Sie ihn. In diesem Zustand braucht er nicht zurück an die Front, um den Helden zu spielen.

LUISA Wie schön! Danke! *(Sie springt dem Professor um den Hals und bedankt sich reihum bei den Ärzten und Pflegern.)*

ARZT *(zu Giovanni)* Verzeihung, gestatten Sie noch eine Frage?

GIOVANNI Bitte ...

ARZT Sobald Ihr Gedächtnis zurückkehrt, würde es mich interessieren, woher Sie das Putzknie gekriegt haben, wo Sie doch als Seifensieder tätig waren.

GIOVANNI Wie bitte? Was habe ich gekriegt?

LUISA *(ergreift seine Hand)* Komm, Schatz, wir müssen uns noch umziehn. Vielen Dank für alles!
(Beide ab. Die anderen stellen sich auf und singen noch einmal im Chor.)

CHOR DER ÄRZTE UND PFLEGER Noch immer gefesselt am Kaukasus steht ...

2. Szene

Luisas Haus und Wohnung. Ein Innenhof, der von einem hohen Eisengitter zur Straße hin abgegrenzt wird. Zum Hof hin im ersten Stock der kleine Balkon, auf dem Angela und Luigi zuweilen zu sehen sind. Im Parterre darunter die Tür, aus der Angela und Luigi auf den Hof treten. Der größte Teil der Bühne wird von der Eingangshalle eingenommen, die zugleich Luisas Wohnraum ist. Man betritt die Wohnung direkt vom Hof aus. Im ersten Stock der großen Wohndiele befindet sich eine umlaufende Galerie, die zu den Schlafzimmern und ins Bad führt. Im Parterre ein Bücherschrank mit vielen Büchern und Krimskrams, Schränke, Truhen und Stühle verschiedener Stilarten.
Es ist schon dunkel. Giovanni und Luisa erscheinen am Hoftor. Er trägt noch die weiße Kleidung der Patienten, Luisa trägt wieder normale Straßenkleidung.

GIOVANNI Sind wir da?

LUISA Ja, gleich hier im Parterre. *(Sie öffnet vorsichtig das Hoftor und geht zur Wohnung.)* Mach leise.

GIOVANNI Wieso, schläft jemand?

LUISA Nein, wegen der anderen Mieter. Wenn sie merken, daß du wieder da bist, kriegst du Ärger, weil du niemand erkennst. Die fragen dir ein Loch in den Bauch: »Wieso sind Sie so komisch angezogen?« ... »Ach ja, in der Irrenanstalt tragen alle diese Sachen.« *(Luisa sucht in der Tasche nach dem Schlüssel.)* Mein Gott, wo nur der Schlüssel ist. Außerdem will ich dich für mich behalten. Wenn deine Freunde auftauchen, verschwindest du wieder, bleibst die ganze Nacht fort, und ich seh dich wer weiß, wann.

GIOVANNI Ein guter Ehemann war ich offenbar nicht.

LUISA Da isser ja! *(Sie zeigt ihren Schlüssel hoch und versucht aufzuschließen.)*

GIOVANNI Sind wir eigentlich verheiratet?

LUISA Und ob. Seit heute.

GIOVANNI Nicht möglich. Sollte ich das schon vergessen haben?!

LUISA Nein, nein. Ich wollte nur sagen, es ist, als ob wir heute geheiratet hätten. Und jetzt kommt die Hochzeitsnacht. *(Sie umarmen sich. Im ersten Stock geht das Licht an.)*

WEIBLICHE STIMME Ist da jemand?

LUISA *(kriegt die Tür nicht auf)* Verdammtes Schloß. Schnell, versteck dich. Wenn sie dich sieht, weiß morgen das ganze Viertel Bescheid.

WEIBLICHE STIMME Ist da wer?

LUISA Mach rasch.

GIOVANNI *(läuft zum Hoftor und versucht es zu öffnen.)* Wie denn? Das Tor ist abgeschlossen. Wirf mir den Schlüssel her!

LUISA Das geht nicht! Steig drüber. *(Giovanni steigt über das Gitter. Die Frau aus dem ersten Stock beugt sich übers Balkongeländer.)*

LUISA Ich bin es, Angela, machen Sie sich keine Sorgen ...

ANGELA Ah, Luisa, Sie sind zurück! *(Sie dreht sich nach*

innen und spricht mit ihrem Mann.) Luigi! Frau Gallina ist wieder da! Jaja, sie ist entlassen worden. *(Zu Luisa)* Und wie fühlen Sie sich?

LUISA *(zu Giovanni)* Mach schon, steig drüber.

(Giovanni bleibt mit einem Fuß im Gitter stecken.)

ANGELA Was reden Sie? Ich kann doch hier nicht drübersteigen!

LUISA Nein, nein, ich sagte, ich bin noch nicht ganz drüber hin ...

ANGELA Ah, ich verstehe. Es wird schon werden. Ruhen Sie sich erst einmal aus. Luigi, komm her und sag guten Tag!

LUISA *(zu Giovanni)* Unmöglich ...

ANGELA Wie bitte?

LUISA Ich sagte: Nicht nötig!

(Luigi tritt ebenfalls auf den Balkon.)

ANGELA *(zu ihrem Mann)* Die Ärmste, redet wirr wegen des Unfalls, den sie gehabt hat ...

LUIGI Guten Abend. Na, wieder da?

LUISA Wie geht es Ihnen, Luigi?

LUIGI Gut. Und Ihnen? Wollen Sie etwas heraufkommen?

LUISA Nein, nein, danke. Ich bin müde. Wir sehen uns morgen.

ANGELA UND LUIGI Aber ja. Gute Nacht!

(Luisa schließt die Tür auf und verschwindet.)

LUIGI *(zu seiner Frau)* Von wegen, ein Unfall! Die hat nicht alle Tassen im Schrank. Wenn ihr Mann zurückkommt, das wird ein Schlag für ihn. *(Sie schließen das Fenster. Luisa kommt wieder heraus.)*

LUISA Komm rein. Beeil dich! *(Sie läuft zum Hoftor und versucht Giovanni zu helfen, aber der Schuh bleibt zwischen den Stäben hängen.)*

LUISA Die Kuh hat unsern Auftritt ruiniert. Ich wollte an deinem Arm ins Haus gehen. Wie eine richtige Braut. *(Sie betreten die Wohnung. In der Mitte der Decke hängt ein Kronleuchter mit einem Gewicht zum Rauf- und Runterziehen. Giovanni, zerstreut, rennt mit dem Kopf gegen das Gewicht. Der Kronleuchter senkt sich bedrohlich. Er scheint es nicht zu bemerken.)*

GIOVANNI Ach, Luisa, ich bin richtig froh, dich geheiratet zu haben. *(Er geht umher und betrachtet den Raum. Dabei stößt er noch mehrfach gegen das Gewicht. Der Kronleuchter hebt und senkt sich, ohne daß er etwas bemerkt. Auch Luisa läuft hin und her und räumt auf.)*

LUISA Ich auch, Giovanni ... Entschuldige die Unordnung, aber, da ich seit Tagen nicht zuhause war, weißt du ... Ich räum' nur etwas auf, und dann mache ich dir was zu essen.

GIOVANNI Danke. Die Wohnung ist lustig. Sind das unsere Bücher?

LUISA Nein, die gehören dem Vermieter.

GIOVANNI Kann man sie lesen?

LUISA Ja, Lieber, aber ich hab dich noch nie in einem Buch blättern sehen, höchstens auf dem Klo.

GIOVANNI *(deutet auf einige Duellpistolen an der Wand)* Gehören die auch dem Vermieter?

LUISA Nein, das sind deine. Du warst ein richtiger Waffennarr und ein guter Schütze.

GIOVANNI Ich lese nicht, aber ich schieße. Mein Gott, bin ich unsympathisch.

LUISA Mir gefällst du immer besser.

GIOVANNI Und die zwei Türen, wohin gehen die?

LUISA Die eine in dein Zimmer und die andere in meins.

GIOVANNI Wieso? Willst du nicht mit mir schlafen?

LUISA Du bist derjenige, der nicht will.

GIOVANNI Ich will nicht? So ein Trottel!

LUISA Du magst es nicht, wenn ich Miao-tst-tst mache.

GIOVANNI Was machst du?

LUISA Miao-tst-tst-tst, miao-tsttsttst ... Und wenn das nicht hilft, dann pfeife ich.

GIOVANNI Du pfeifst nachts?

LUISA Ja. Damit du aufhörst zu schnarchen.

GIOVANNI Ich schnarche?

LUISA Sicher. Und wenn ich dich aufwecke, behauptest du, es stimme nicht. Du machst eine Szene, nimmst dein Kissen und haust ab ..

GIOVANNI In mein Zimmer ...

LUISA Ja. *(Sie beginnt den Tisch zu decken.)*

GIOVANNI Wo wir eben dabei sind, erzähl mir alle meine

Fehler ... Von A bis Z ... Wenn ich sie nach und nach erfahre, das ist schlimmer als die schottische Dusche, mit der sie mich in der Klinik behandelt haben ...

LUISA So viele hast du gar nicht. Nur, daß du gerne einen trinkst.

GIOVANNI Viel?

LUISA Es reicht.

GIOVANNI Gut! Was noch?

LUISA Von Zeit zu Zeit setzt du mir Hörner auf.

GIOVANNI Nein!?!

LUISA Doch, und manchmal bringst du sie sogar mit nach Hause, deine ...

GIOVANNI Drecksack, Miststück!

LUISA Wenn dir was gegen den Strich geht, verpaßt du mir ein paar heiße Ohren!

GIOVANNI Was bin ich doch für ein Ehemann! Aber ab heute ändere ich mich. Heute nacht muß ich alleine schlafen. Zur Strafe.

LUISA Oh, nein, das ist ungerecht!

GIOVANNI Oh, doch. Was denkt der sich überhaupt? Er spielt, trinkt, schnarcht, geht fremd, schlägt seine Frau, spielt ein bißchen Krieg, und wenn er als Held auf Urlaub kommt, liegt ihm seine Frau zu Füßen. Das Bett vorgewärmt, und du sinkst in seine Arme! Nein, so geht das nicht.

LUISA Ich bin ganz zufrieden. Lieber ein paar heiße Ohren als einen kalten Hintern. Seit zwei Monaten sitze ich hier und warte. Nacht für Nacht krieche ich in dein Bett, falls du unerwartet nach Hause kommst. Kannst du nicht morgen anfangen dich zu bessern? Was hab' ich damit zu tun?

GIOVANNI Du weißt, wie die Männer sind: Wenn du ihnen den kleinen Finger gibst, kriegst du sie nie auf die Reihe!

LUISA Ja, aber es ist nicht gut, sie zu hart anzufassen: Du kennst dich nicht ...

GIOVANNI Ja, leider.

LUISA Laß mich nur machen. Ich werd' dich schon hinkriegen.

GIOVANNI Gut, aber eins sage ich dir: Wenn ich mich noch

einmal so gemein aufführe, dann zeige ich's mir! Dieser Scheißkerl!

(Luisa legt eine riesige Tischdecke auf. Giovanni schaut ihr entgeistert zu.)

GIOVANNI Sind wir schon lange verheiratet?

LUISA *(bringt die Suppenschüssel herein)* So, jetzt wird erst mal gegessen.

GIOVANNI Aber nachher mußt du mir sagen, seit wann wir verheiratet sind.

LUISA Nicht heute abend. Nachher regst du dich wieder auf.

GIOVANNI Sei ehrlich, wir sind gar nicht verheiratet. Ich verspreche dir, mich nicht aufzuregen.

LUISA Nun ja, es stimmt ... Wir sind mit zwei anderen verheiratet.

GIOVANNI Was?!

LUISA Du hast versprochen, dich nicht aufzuregen ...

GIOVANNI Ich bin ganz ruhig ... Ich habe also eine Frau, und du hast einen Mann ...

LUISA Ja. *(Sie stellt einen kleinen Petroleumkocher auf den Tisch und holt Streichhölzer.)*

GIOVANNI Wissen sie, daß wir zusammenleben?

LUISA Die wissen das. Sie haben ja schon Ärger gekriegt deswegen.

GIOVANNI Mit wem?

LUISA Mit dir! Sie waren hier, um sich zu beschweren. Du bist nicht böse? *(Das Streichholz bricht ab. Sie nimmt ein anderes.)*

GIOVANNI Erzähl weiter.

LUISA Die Streichhölzer sind feucht geworden. Machen wir es wie immer. *(Sie geht zur Wand, nimmt eine Pistole und schießt zweimal auf den Rechaud.)*

GIOVANNI *(nachdem er sich von seinem Schreck erholt hat)* Und so machen wir das immer?

LUISA Ja. *(Sie faßt den Kolben des Petroleumkochers und beginnt zu pumpen. Das Ei, das sich in dem kleinen Kochtopf befindet, wächst aus dem Topf heraus, wird immer größer und hat schließlich die Größe eines Straußeneis.)*

GIOVANNI Das Ei! Gleich explodiert es!

LUISA *(widerspricht ihm heftig)* Nein! Nein! Nein! Ich hab' nur den falschen Kocher erwischt. Das ist der Zauberkocher!

GIOVANNI *(legt einen Teller auf das Ei.)* Das Ding irritiert mich ... *(Er deckt alles mit einer großen Serviette ab.)* Erzähl mir von unserer Hochzeit.

LUISA Du wirst es nicht glauben, aber wir haben uns ausgerechnet an unserem Hochzeitstag kennengelernt. Erst haben wir uns gestritten, dann haben wir uns versöhnt, und da wir schon mal zusammen waren, haben wir auch das Hochzeitsessen zusammen gemacht, alles zusammen. Während der Trinkerei und dem Gefresse hast du dich mit meinem Mann angefreundet, und dann hattest du die Idee, auch die Hochzeitsreise gemeinsam zu veranstalten. Mir hat es nicht besonders gefallen, weil jedes Mal, wenn sich unsere Augen begegneten, ging eine regelrechte Stichflamme in mir hoch! Ich hab' mich gefühlt wie ein Thermometer, das in heißes Wasser gelegt wird. Dann hattest du den Einfall, die Plätze zu tauschen, und ich saß neben dir. Ich aß gerade mein Eis und hätte mich vor lauter Aufregung fast verschluckt. Zum Glück lief mir im selben Augenblick wieder eine heiße Welle durch den Körper, sonst wäre ich erstickt. Und dann kam die Hochzeitsreise.

GIOVANNI Ja, wie, haben wir auch die Reise zu viert gemacht? Ich meine, du und ich und die beiden?

LUISA Sicher. Alle vier nach Venedig. Und mein Mann und deine Frau verstanden rein gar nichts. Ich war so was von wütend!

GIOVANNI Hast du deinen Mann denn nicht geliebt?

LUISA Doch, schon, aber bei ihm kriegte ich nie diese heißen Wellen, die das Eis in der Kehle zum Schmelzen bringen, und wenn ich ihn stundenlang ansah. Vielleicht, weil er Brillenträger war.

GIOVANNI Und meine Frau? Ich meine, mochte ich sie?

LUISA Das mußt ausgerechnet du fragen! Sie war fünf oder sechs Jahre älter als du, und du nanntest sie »Onkel«. Aber ohne eine Miene zu verziehen.

GIOVANNI Tante!

LUISA Nein, Onkel. Weil sie eine so tiefe Stimme hatte

und eine Art Damenbart. Sie lachte darüber wie ein Huhn, das abgetastet wird, ob es ein Ei hat.

(Unten auf dem Hof erscheint Angela und geht zu Luisas Wohnungstür. Luigi tritt auf den Balkon und spricht mit seiner Frau.)

LUIGI Jetzt laß sie doch. Sie ist bestimmt schon im Bett.

ANGELA Sie hat aber geschossen, und außerdem brennt Licht.

LUIGI Mußt du es bezahlen?

ANGELA Und was ist, wenn sie sich erschossen hat? Du weißt, wie Verrückte sind! Luisa! Lusia! *(Sie klopft an die Tür.)* Mein Gott, sie antwortet nicht. Rasch, ruf die Feuerwehr an, sie sollen die Tür aufbrechen, ich will mir nichts vorwerfen müssen.

(Luisa gibt Giovanni ein Zeichen, in einem der oberen Zimmer zu verschwinden, und öffnet die Tür.)

ANGELA Oh, Luisa, was ein Glück! Wir haben uns schon Sorgen gemacht, Luigi und ich. Wir haben einen Schuß gehört und dachten, es wäre vielleicht etwas passiert.

LUISA Nein, nein, es ist alles in Ordnung. *(Sie versucht Angela hinauszuschieben.)* Es war nur wegen der Mükken.

ANGELA Sie schießen auf Mücken?

LUISA Soll ich sie etwa mit bloßen Händen umbringen?

ANGELA Ich verstehe. *(Steckt den Kopf durch den Türspalt und schaut nach innen)* Sie haben für zwei Personen gedeckt?

LUISA Oh, ja, das mache ich immer. Falls Giovanni plötzlich heimkommt.

ANGELA Oh, Sie Gute! Immer warten, nicht wahr?

LUISA Oh, ja ... Aber Sie möchten jetzt sicher gehn ... *(Sie drängt sie hinaus.)*

ANGELA Aber nein, wenn Sie Gesellschaft brauchen oder wenn Sie möchten, daß ich hier bleibe und bei Ihnen schlafe, selbstverständlich ... *(Sie betritt die Wohnung mit einem Ruck.)*

LUIGI *(beugt sich vom Balkon herunter)* Angela! Was ist?! Ich bin müde!

ANONYME STIMME Wir auch! Ruhe da unten!

ANGELA *(nach oben)* Da hast du's, du weckst das ganze Haus auf!

LUIGI Kommst du endlich?

ANGELA Geh schlafen. Ich muß hier bleiben. Es geht ihr nicht gut, der Ärmsten!

LUISA Aber nein, Angela, es geht mir bestens.

ANGELA Ja, ja, es geht Ihnen bestens! Sie schießen auf Mücken, decken den Tisch für zwei ... Kommen Sie, ich bring' Sie ins Bett. *(Sie geht die Treppe hinauf.)* Und dann mache ich Ihnen einen schönen Kamillentee, das beruhigt die Nerven.

LUISA Wenn ich's Ihnen sage, Angela, ich brauche wirklich nichts! Jetzt gehen Sie, Ihr Mann wartet schon ...

ANGELA *(geht weiter die Treppe hinauf)* Ach was, der braucht mich nicht.

LUISA Ich auch nicht. Kommen Sie darunter, und gehen Sie endlich.

ANGELA Sehen Sie? Sie kriegen wieder ihre Krise. Ich mache Ihnen den Kamillentee als erstes! *(Sie kommt die Treppe wieder herab.)*

LUISA *(nimmt eine Pistole von der Wand)* Wird's bald??

ANGELA Oh, mein Gott, ja, ja, ich gehe ja schon ... *(Sie läuft zur Tür hinaus, steckt aber den Kopf noch einmal in die Diele.)* Ich mache nur noch das Licht aus ...

LUISA Sie sollen gehn!! *(Sie schießt die Deckenlampe in Stücke. Innen dunkel, nur von außen Licht.)*

ANGELA *(stößt einen Schrei aus)* Sie ist verrückt geworden! Luigi! *(Sie fällt Luisa in den Arm, um ihr die Waffe wegzunehmen. Gerangel. Angela zerrt Luisa in den Hof. Ein Schuß löst sich und trifft Luigi, der auf den Balkon gekommen ist.)*

LUIGI Ah! Meine Nase! Meine Nase!

ANGELA Geschieht dir ganz recht. Was steckst du deine Nase in anderleuts Sachen.

Licht aus. Ende des 1. Aktes.

2. Akt

1. Szene

Am nächsten Morgen. Luisas Wohnung. Es klopft. Ein Bote bringt ein Paket. Es ist der Feldwebel von der Kleiderkammer. Niemand öffnet ihm. Die Haustür ist nur angelehnt, und der Soldat tritt ein.

BOTE Ist da jemand?
(Luisa erscheint verschlafen auf der Balustrade.)
LUISA Wie kommen Sie überhaupt hier rein?
BOTE Die Tür war offen.
LUISA Ja, jetzt erinnere ich mich. Wegen dieser dummen Pute habe ich nicht mal die Tür zugemacht gestern abend ... Sie hätten mir alles ausräumen können. Naja, der Dieb war zum Glück daheim. Was ist das?
BOTE *(öffnet das Paket)* Die Uniform für Ihren Mann. Unterschreiben Sie hier.
LUISA Aber der Professor hat doch gesagt, wegen der Amnesie ...
BOTE Ich weiß, aber solange er nicht entlassen ist, muß er sie tragen, vor allem, wenn er ins Krankenhaus geht zur Untersuchung. Da, schaun Sie, es ist alles da: Gamaschen, Mütze, Wolldecke ... Nein, die Decke nicht, die hat er bereits. Die Spiegel und Rangabzeichen sind schon angenäht. Kompletter Anzug. Nicht gerade neu die Sachen ... Unsere Kleiderkammer lebt von den Toten, wic man so sagt ... *(Lacht)*
LUISA Was heißt von den Toten?
BOTE Nun ja, wenn einer stirbt im Lazarett. Zum Glück hatten wir die passende Uniform. Da, sehn Sie, nicht ein Löchlein. Zum Glück hatte der vorige Besitzer einen Kopfschuß ... *(Er lacht idiotisch.)*
LUISA Ja, welch ein Glück!
BOTE Es ist jedenfalls alles desinfiziert worden. Wenn Sie bitte unterschreiben würden ...

LUISA *(unterschreibt)* Danke und auf Wiedersehn.
(Der Kammerbulle ab. Oben erscheint Giovanni.)

GIOVANNI Wer war das?

LUISA Sie haben nur diese Uniform gebracht. Ohne Löcher.

GIOVANNI Was heißt ohne Löcher?

LUISA Sag erst einmal guten Morgen!

GIOVANNI Oh, entschuldige. Guten Morgen.

LUISA Guten Morgen, gut geschlafen, wie fühlst du dich? Hast du Hunger?

GIOVANNI Wie ein Löwe!

LUISA Ich mach dir gleich was ... Weißt du, daß ich dich die ganze Nacht nicht schnarchen gehört habe?

GIOVANNI Logisch. Ich konnte nicht einschlafen.

LUISA Bestimmt meinetwegen.

GIOVANNI Nein, ich mußte nur andauernd daran denken, was du mir erzählt hast. Es ist schrecklich, wenn man keine Erinnerungen hat ... vor allem, wo sie so schön wären.

LUISA Wir werden noch viele schöne Erinnerungen haben, das verspreche ich dir. Komm, während die Milch heiß wird, helfe ich dir beim Umziehen. Und dann bringe ich dich in die Klinik. Der Professor wartet schon auf uns.

GIOVANNI Ich möchte ein Bad nehmen, geht das?

LUISA Aber ja! Hier entlang ... Soll ich dir warmes Wasser machen?

GIOVANNI Nein, danke, es ist nicht kalt; und außerdem bin ich die schottischen Duschen gewöhnt. Das war wirklich Eiswasser! *(Er geht ins Bad im Obergeschoß.)* Ständig diese Eiswasserkuren unter dem Vorwand, du seist verrückt. Ob du die Schwindsucht kriegst, interessiert sie nicht. Vierzig Fieber, und dann reden sie von Autosuggestion ...

LUISA Hier ist dein Unterzeug. Ruf mich, wenn du in der Wanne sitzt, dann komme ich, dich einseifen. *(Sie verschwindet in ihrem Zimmer.)*

(Oben am Fenster zeigt sich Angela und hängt Bettwäsche heraus. Sie trällert ein Liedchen. »Mutter, unterm

Dach hat ein Schwälbchen gebaut« oder Ähnliches. Am Außentor erscheint der echte Giovanni in Uniform.)

DER ECHTE G. Wie schön, liebe Angela, daß Sie zur Begrüßung der Helden die Fahne heraushängen!

ANGELA Giovanni! Endlich, endlich! Warten Sie, warten Sie. Ich muß Ihnen etwas Vertrauliches sagen. Gehen Sie nicht herein. Ich bin sofort unten. *(Sie verschwindet.)*

DER ECHTE G. Was ist los? Hat dein Mann was gemerkt von uns beiden? Angela, he, Angela ...
(Angela taucht unten auf.)

ANGELA Nicht so laut, er könnte uns hören ...

DER ECHTE G. Wieso, ist dein Mann nicht zur Arbeit?

ANGELA Nein, der ist in der Küche. Es geht um Ihre Frau. Wir machen uns Sorgen!

DER ECHTE G. Scheiß der Hund drauf. Wenn du es genau wissen willst, ich bin deinetwegen auf Urlaub gekommen und nicht wegen dieser Geisteskranken.

ANGELA Giovanni, so dürfen wir nicht reden, das gehört sich nicht.

DER ECHTE G. Angela! Wie oft müssen wir noch miteinander ins Bett gehen, bis du endlich aufhörst, mich zu siezen? *(Er umarmt sie.)*

ANGELA *(entwindet sich ihm)* Nicht doch, Giovanni, nicht hier. Es ist ein Unglück passiert ...

DER ECHTE G. Wem?

ANGELA Luisa.

DER ECHTE G. *(lacht)* Ist sie tot?

ANGELA Nein, aber sie hat einen Schlag auf den Kopf gekriegt. In der Straßenbahn. Sie haben sie gestern aus der Irrenanstalt entlassen.

DER ECHTE G. Dann ist sie wieder gesund.

ANGELA Überhaupt nicht! Sie redet wirr. Ich sage zu ihr: »Guten Abend«, und sie antwortet: »Spring drüber.« Dann schießt sie auf Mücken und sogar auf meinen Mann. Der Ärmste kann nicht mehr durch die Nase atmen. Im Wohnzimmer der Tisch war für zwei gedeckt, aber sie wollte nicht, daß ich ihr Gesellschaft leiste.

DER ECHTE G. Dann hat sie alles alleine gegessen? Vielfraß!

ANGELA Giovanni, es ist ernst, ich bitte dich ...

DER ECHTE G. Ah, endlich sagst du Du zu mir! Jetzt geh rauf, schick deinen Mann fort und zieh dich schon mal aus. Ich muß etwas mit dir besprechen.

ANGELA Giovanni, die arme Frau tut mir leid. Wie sie mich ansah. Als ob sie alles wüßte über uns beide. Ich fürchte mich! Das Schicksal will uns bestrafen ...

DER ECHTE G. Ein schönes Schicksal, das ihr eine aufs Haupt schlägt, um uns zu bestrafen. Das halte ich noch eine Weile aus.

ANGELA Du bist herzlos! Bitte, tu's für mich. Sei nett zu ihr. Noch so eine Krise, und die legen sie zu den Unheilbaren, und wir haben sie auf dem Gewissen. Versprich mir, sie anständig zu behandeln ...

DER ECHTE G. Ja, mein Schäfchen! Aus Liebe zu dir. Ich werde höflich sein wie ein Lord.

ANGELA Ach du. Jetzt geh rein. Wir sehen uns später. *(Der echte G. verschwindet im Haus. Gleichzeitig erscheint oben Angelas Mann.)*

LUIGI *(mit verbundener Nase)* Was machst du da unten, Angela?

ANGELA Nichts. Mir war nur ein Taschentuch runtergefallen ...

LUIGI Und mit wem redest du? Mit dem Taschentuch?

ANGELA Wieso nicht? Ich bin Demokratin. Ich rede mit jedem! *(Geht ab)*

LUIGI *(tief getroffen)* Oh!

(Geht zurück in die Wohnung. Luisas Wohnungstür geht wieder auf, und der echte G. erscheint. Am Hoftor steht der Professor und kommt herein.)

PROFESSOR Ah, da ist ja unser schöner Jüngling, geschniegelt und gebügelt. Wie geht's!

DER ECHTE G. *(schaut ihn erstaunt an)* Danke, gut, zu wem wollen Sie?

PROFESSOR Ich wollte dich überraschen. Ich sagte schon, du bist mir sympathisch. *(Er versetzt ihm einen kräftigen, herzlichen Schlag auf die Schulter.)*

DER ECHTE G. Ich entsinne mich nicht.

PROFESSOR Nun, dann habe ich es vielleicht vergessen und sage es jetzt: Du bist mir sympathisch! Und weißt du was? Du siehst gut aus in Uniform. Besser als in der Soutane. *(Er lacht. Der echte G. versteht nichts und bemüht sich, ebenfalls zu lachen.)*

PROFESSOR Na, siehst du? Einen Tag zuhause und schon wie verwandelt. Sogar das Gesicht hat sich etwas verändert. Wie geht's deiner Frau? Luisa?

DER ECHTE G. Danke, der geht's nicht so gut ...

PROFESSOR Das tut mir leid, aber es war zu erwarten. Die Luft der Heilanstalt tut selten gut. Nicht einmal mir, obwohl ich seit 20 Jahren dort arbeite.

DER ECHTE G. Sind Sie der Professor aus der Irrenanstalt?

PROFESSOR Du willst doch nicht behaupten, daß du mich nicht erkannt hast?

DER ECHTE G. Doch, doch, ich meine ... Wer kennt den Professor nicht!

PROFESSOR Ich war schon in Sorge.

DER ECHTE G. Und ich Dummkopf lasse Sie hier draußen warten. Kommen Sie rein.

PROFESSOR Danke.

DER ECHTE G. Luisa wird gleich da sein.

PROFESSOR Warten Sie. Hier. Das gehört Ihnen. *(Er gibt ihm das Foto zurück.)*

DER ECHTE G. Ah, mein Foto. So, deshalb haben Sie mich gleich erkannt. Luisa!

LUISAS STIMME Jaha!

DER ECHTE G. Ich bin's, Giovanni!

LUISA *(aus ihrem Zimmer)* Ich komme! Ich zieh mich nur rasch aus.

DER ECHTE G. Wieso ausziehn?

LUISA Weil ich auch ein bißchen planschen will. Ich komme, mein Goldfisch!

DER ECHTE G. Nein, bitte Luisa! Zieh dir lieber was über!

LUISA Herrjeh, bist du prüde. Als wärst du wirklich ein Priester! Also gut, zieh ich mich wieder an ...

PROFESSOR Ich komme wohl etwas ungelegen?

DER ECHTE G. Aber nicht doch. Warten Sie, ich hole uns etwas zu trinken. Ein Fläschchen von dem guten ... französischen Champagner! Vorkriegsware! Oder hätten Sie lieber was anderes?

PROFESSOR Nein, nein, Champagner reicht mir.

DER ECHTE G. Sehr gut, Professor! *(Er versetzt ihm einen Schlag auf die Schulter, so daß er fast das Gleichgewicht verliert, und geht laut singend ab:)* »Wir sind die Pioniere und kämpfen wie die Stiere ...«

(Auf der Balustrade öffnet sich eine Tür, und Luisa tritt heraus.)

LUISA Bist du zufrieden mit meiner Bedeckung?

PROFESSOR Guten Morgen, gnä' Frau, gut geschlafen ...?

LUISA *(überrascht)* Sie, Herr Professor? Das tut mir leid. Warten Sie schon lange?

PROFESSOR Ich kam zufällig vorbei und dachte, ich mach' Ihnen einen Überraschungsbesuch.

LUISA *(schreitet die Treppe herab)* Wie liebenswürdig von Ihnen. Aber setzen Sie sich doch. Möchten Sie einen Kaffee oder lieber einen Wermut?

PROFESSOR Nein, danke, Champagner ist schon recht.

LUISA *(lacht verlegen)* Ich weiß nicht, ob wir noch welchen im Keller haben.

PROFESSOR Oh, das macht nichts. Und wie geht es Ihnen? Sind Sie glücklich?

LUISA Absolut! Ich preise die Jauchegrube, in die er gefallen ist. Er war noch nie so freundlich und zärtlich. Er ist wie verwandelt ...

PROFESSOR Tja, so was gibt es. Erasmus sagt: »Der Wahnsinn macht aus Tölpeln Dichter, aus Verbrechern Richter, und Minister macht er zu ehrlichen Menschen.« *(Luisa lacht und schaut ihn verblüfft an.)*

LUISA Erasmus!

GIOVANNI *(erscheint oben in der Badezimmertür. In Uniform)* So, da bin ich. Wie findest du mich als Held?

LUISA Giovanni, schau, wer da ist!

(Giovanni stürzt die Treppe herab.)

LUISA Er ist extra hergekommen, damit du heute nicht ins Krankenhaus mußt.

GIOVANNI *(unten angekommen, streckt die Hand aus, um den Professor zu begrüßen)* Das war wirklich nicht nötig.

PROFESSOR Aber wir haben uns schon begrüßt. *(Lampen-Gag)* Oder hast du das vergessen?

GIOVANNI Keine Sorge, Herr Professor. Ich erinnere mich

bestens. Ich glaube sogar, daß ich bereits Fortschritte mache. Vorhin im Bad fiel mir auf, daß ich ein lateinisches Lied kenne.

PROFESSOR Nicht möglich!

GIOVANNI Doch! Hören Sie zu ... *(Er singt im Falsett.)* »O sacrum convivium«.

LUISA Du kannst es uns nachher vorsingen, Giovanni. Jetzt möchte der Professor ein Glas Champagner ... Tu mir einen Gefallen. Da hinten rechts ... *(Sie deutet nach draußen.)* ist ein Abstellraum. Mit einem Schrank drin. Vielleicht gehe ich doch lieber selber ...

GIOVANNI Nein, nein, bleib sitzen. Ich bin froh, wenn ich mich irgendwie nützlich machen kann. *(Er geht und singt seinen gregorianischen Choral.)*

LUISA Haben Sie bemerkt, wie höflich er ist? Es schnürt mir die Kehle zu. Früher war er nie so freundlich.

PROFESSOR Ich verstehe, aber machen Sie sich keine Sorgen. Im Heilungsverlauf gibt es Höhen und Tiefen, und Sie als Frau haben die Aufgabe, mit zarter Hand und viel Gespür die Ecken und Kanten seines Charakters etwas glattzuschleifen.

DER ECHTE G. *(kommt mit einer Flasche herein und singt aus vollem Hals)* »Und so ein Pionier, der liebt den Tod!« *(Er sieht Luisa.)* Ah, da ist ja unser kleiner Tolpatsch. Ist sie nicht süß mit ihrer lockeren Schraube im Köpfchen! Da, schaun Sie, Professor! *(Er zeigt ihm die Flasche.)*

LUISA Das ist ja wirklich Champagner! Wo hast du den denn her?

DER ECHTE G. Privatschatulle des Hausherrn! Und sonst sagst du gar nichts? Willst du deinen Mann nicht ein bißchen hochleben lassen, oder freust du dich gar nicht? *(Er umarmt und küßt sie.)*

LUISA *(etwas enttäuscht, weil er so angibt)* Doch, doch, gut gemacht ...

DER ECHTE G. Und Sie, Professor? Wie finden Sie unsere hirngeschädigte Luisa?

PROFESSOR *(verlegen)* Gut in Form.

DER ECHTE G. Na also! Wenn du so gut in Form bist, dann schau mal, ob du Gläser findest. Ich hol uns inzwischen etwas Eis aus der Bar, um die Buttel kalt zu stellen.

LUISA Laß nur, Giovanni, es ist besser, wenn du dich draußen nicht soviel blicken läßt, wegen der Uniform ...

DER ECHTE G. Warum das denn? Muß man sich vielleicht schämen, wenn man dem Vaterland dient? Wenn mir einer quer kommt, dem knall ich eine vorn Latz, daß er drei Wochen lang nur Haferschleim essen kann! Das sage ich dir aber! *(Er geht ab und singt wieder sein Soldatenlied.)*

LUISA *(schlägt die Hände vors Gesicht)* Herr Professor! Welch ein Rückfall!

PROFESSOR Tja, ich hatte Ihnen ja schon gesagt, es wird Höhen und Tiefen geben. Sein Verhalten zeigt, daß er auf dem Weg der Besserung ist.

LUISA Aber es tut so weh, wenn er so grob und zynisch ist. Letzte Nacht war er so zärtlich und jetzt ...

PROFESSOR Nicht verzweifeln, das gibt sich wieder. Vielleicht mit Zwischenschüben, aber es wird wieder.

GIOVANNI *(kommt zurück. Ruhig und bescheiden. Nicht so großspurig wie der echte Giovanni.)* Es tut mir so leid, Luisa. Aber ich kann nichts finden. Nur die Gläser hier hab' ich gefunden.

PROFESSOR Sehen Sie? Wie ich gesagt habe!

LUISA Ja, die Zwischenschübe.

GIOVANNI Ihr sprecht über mich?

LUISA Ja, und der Herr Professor meint, du würdest wieder so werden wie früher.

GIOVANNI Du meinst, so grob und aufdringlich?

LUISA Nein, nicht so wie danach. Wie vorhin.

GIOVANNI Das verstehe ich nicht.

LUISA Das kannst du auch nicht. Aber versprich mir, dir Mühe zu geben. Ach, was kann man nur machen, Professor?

PROFESSOR Sie haben es eben selber gesagt, gnädige Frau. Indem man sich Mühe gibt. Man muß, kurz gesagt, die impulsiven Persönlichkeitsstrukturen, die, sagen wir, vulgären von den sensiblen, feinsinnigen abkoppeln. Und Sie können ihm da helfen, indem Sie seine freien

Reflexe mittels eines äußeren Antriebsmotors konditionieren.

LUISA Was für ein Antriebsmotor?

GIOVANNI Ich glaube, ich habe es verstanden. Darf ich ...

PROFESSOR Sprechen Sie, junger Freund!

GIOVANNI Wenn ich recht verstehe, meinen Sie, daß Luisa ... was weiß ich ... einfach nur ... pfeift! Ja, pfeift ... immer wieder ... Ja. Und dieser Pfiff würde in mir ganz mechanisch einen Effekt auslösen. Statt jähzornig wäre ich mit einem Schlag wieder gutmütig und sanft.

LUISA Mit einem Pfiff? Unmöglich!

PROFESSOR Sogar sehr gut möglich! Das ist wissenschaftlich erwiesen! Denken Sie nur an das Pferderennen. Sobald die Startglocke ertönt, werden die Pferde feurig und werfen sich gierig ins Rennen. Sobald abgeläutet wird, also ein anderer Ton ertönt, werden sie wieder sanft und zahm.

LUISA Daß ich da nie dran gedacht habe! Ab sofort wird gepfiffen! *(Sie pfeift.)* Wie wirkt das? Oh je, ich rede und rede, und dabei vergesse ich völlig, das Eis zu holen. Ich geh rasch in die Bar gegenüber. Den Morgenrock lasse ich da ... *(Will ihren Morgenmantel ablegen und bemerkt nicht, daß sie darunter völlig nackt ist.)*

GIOVANNI Aber Luisa, so kannst du nicht gehen. Du hast nicht mal einen Hut auf ... Ich gehe schon. *(Er läuft los. Luisa pfeift.)* Ja, was ist?

LUISA Man sagt: Auf Wiedersehn, Schatz!

GIOVANNI Oh, ja. Auf Wiedersehn, Schatz! *(Er gibt ihr einen Kuß.)*

LUISA So ist lieb. *(Giovanni ab)* Klappt nicht schlecht mit dem Pfiff! *(Vom Kirchturm hört man die Uhr schlagen.)*

PROFESSOR Himmel! Wie spät ist es? Ich sollte längst in der Klinik sein. Tut mir leid, aber ich muß sofort gehen.

LUISA Aber wollen wir nicht erst etwas trinken, Herr Professor?

PROFESSOR Bedauere außerordentlich! *(Er gibt ihr die Hand.)*

LUISA Dann behalten Sie die Flasche. Und trinken Sie mit Ihren Kollegen auf unser Wohl.

PROFESSOR Kommt nicht in Frage.

LUISA Bitte, Herr Professor! Nach all dem, was Sie für uns getan haben ... *(Sie wickelt die Flasche ein und gibt sie ihm.)*

PROFESSOR Danke. Wirklich zu liebenswürdig! Wir werden sie auf Ihre Gesundheit trinken!

LUISA *(begleitet ihn zum Hoftor)* Wir sehen uns dann morgen in der Klinik zur Visite.

PROFESSOR Ja. Und eine Empfehlung an Ihren Giovanni.

LUISA Auf Wiedersehn und nochmals vielen Dank!

DER ECHTE G. *(kommt mit einem Kübel voll Eis)* Was machst du denn hier? Wo ist der Professor?

LUISA Da hinten geht er. Er mußte eilig weg.

DER ECHTE G. *(ruft ihm nach)* Hallo! Professor! Machen Sie's gut! Grüßen Sie Ihre Kopfkranken von mir und einen dicken Schmatz für Ihre hübscheste Krankenschwester! *(Er lacht.)* He! Der Kerl hat uns den Schampanski abgestaubt.

LUISA Sei still. Er hat ihn nicht abgestaubt. Er hat ihn von mir geschenkt bekommen.

DER ECHTE G. Na, großartig! Und was sollen wir jetzt trinken? Die Eiswürfel? *(Luisa pfeift.)* Er hätte mich wenigstens kosten lassen können, nicht? Aber sie muß ja klotzen mit anderleuts Sachen, die Angeberin! *(Luisa pfeift.)* Was pfeifst du ständig? Großer Gott, jetzt hat sie die Piffomanie.

LUISA Giovanni, bitte, konzentriere dich. Sonst hilft es nichts, hat der Professor gesagt.

DER ECHTE G. Was redest du da für ein Zeug? Also gut, spielen wir den englischen Lord, vielleicht hilft das. Verzeih, wenn ich etwas zu laut war, aber ich hatte diesen Champagner extra für meinen Urlaub beiseitegelegt. Macht nichts, beim nächsten Mal klaue ich zwei Flaschen *(Pfiff)* ... staube ich einfach zwei ... *(Pfiff, Pfiff)* ... kaufe ich einfach zwei Flaschen.

LUISA Siehst du, es funktioniert! *(Sie springt ihm um den Hals und küßt ihn ab.)* Oh, du mein liebes feuriges Rennpferdchen, ich könnte dich überall abküssen!

DER ECHTE G. Halt! Eujeujeu! Du hast ja wirklich eine Macke! Hör zu, wir gehen gleich morgen zu deinem Professor.

LUISA Aber natürlich gehen wir hin: Morgen, übermorgen, so lange du willst.

DER ECHTE G. Na schön. Dann laß mir jetzt erst mal Wasser ein. Ich will ein Bad nehmen.

LUISA Sofort. *(Sie stutzt.)* Schon wieder?

DER ECHTE G. Warum schon wieder? Glaubst du vielleicht, wir hätten eine Naßzelle im Schützengraben? Das Bad muß ich schon ausnutzen, wenn ich mal zuhause bin ...

LUISA Ich meine nur, zu oft baden ist nicht gut.

DER ECHTE G. Zu selten erst recht nicht. Ich stinke wie ein Rudel Zuchtbullen! *(Luisa pfeift.)* Jetzt hast du aber wirklich einen Getriebeschaden, he! *(Pfiff)* Los, setz das Wasser auf. Sonst darfst du mich mit der Zunge sauberlecken! *(Er geht ins Bad.)*

LUISA *(pfeift verzweifelt)* So ein Mist! Es geht nicht! Vielleicht kann ich nicht richtig pfeifen. Wenn ich mit zwei Fingern pfeifen könnte wie Luigi! *(Sie versucht mit zwei Fingern zu pfeifen.)* Es ist bestimmt nur eine Frage der Technik. *(Sie geht hinaus auf den Hof.)* Luigi! Luigi!

ANGELA *(schaut heraus)* Ach, Sie sind's, Luisa. Guten Tag.

LUISA Ja, ich, guten Tag.

ANGALE Wie mich das freut für Sie, daß Ihr Mann wieder da ist. Sind Sie glücklich?

LUISA Doch, ja, ist Luigi nicht zuhause?

ANGELA Leider nicht, aber vielleicht kann ich ...

LUISA Nein, nein, ich wollte ihn nur um einen Gefallen bitten.

ANGELA Und das wäre?

LUISA Er soll mir beibringen, wie man auf zwei Fingern pfeift.

ANGELA Auf zwei Fingern?

(Giovanni kommt und schaut sich suchend um.)

LUISA Ja, wegen Giovanni. Eine diffizile Geschichte. Wenn man richtig pfeift, kann man ihn konditionieren.

ANGELA Kann man ihn was?

GIOVANNI *(halblaut)* Luisa!

LUISA Es ist schwer zu erklären ... Pst, pst, da ist er. Hier bin ich, Giovanni! Geh nur und zieh dich schon mal aus. Sowie das Wasser heiß ist, komme ich rauf und bringe es dir.

GIOVANNI Was soll ich?

LUISA Dich ausziehen.

GIOVANNI Verzeih, Liebes. Aber warum soll ich mich ausziehn?

LUISA Willst du etwa in Sachen baden?

GIOVANNI Habe ich gesagt, ich wollte in Sachen baden?

ANGELA Husch, husch, Giovanni. Sie sollen ihrem Frauchen nicht immer widersprechen.

GIOVANNI Aber ich sage doch nur, daß ich schon gebadet habe.

LUISA Genau das habe ich dir auch schon gesagt. Aber wenn du darauf bestehst, zu baden.

GIOVANNI *(irritiert)* Ich bestehe aber gar nicht ... *(Luisa pfeift.)* Wie du willst, Schatz. Wenn du meinst, bade ich eben zweimal.

ANGELA Brav, Giovanni. So gefallen Sie mir. Und jetzt: Nicht mit Kleidern in die Wanne!

LUISA Haben Sie gesehen? Ein Pfiff, und er ist wie ausgewechselt. Leider funktioniert es nicht immer. Es hängt vom Pfiff ab. Wenn er nicht ganz entschieden klingt, wie beim Pferderennen, wirkt er nicht.

ANGELA Luisa! Sie haben heute nacht Ihren Kamillentee nicht getrunken, nicht wahr? Warum haben Sie nicht auf mich gehört? *(Giovanni steht inzwischen oben auf der Balustrade vor dem Badezimmer.)*

DER ECHTE G. *(von innen)* Endlich! Wurde aber auch Zeit, daß das Wasser kommt. *(Giovanni stutzt, wirft einen kurzen Blick ins Badezimmer und rast die Treppe hinunter.)* Los, komm rein! Was ist denn jetzt schon wieder?!

GIOVANNI *(läuft durch die Halle und hinaus auf den Hof)* Luisa, Luisa! Es ist entsetzlich! ... Entsetzlich ... Ich werde wahnsinnig!

LUISA Was ist entsetzlich, Giovanni? Komm, sag schon!

GIOVANNI Ich ... ich ... im Badezimmer ... Ich habe mich gesehen! Völlig nackt!

LUISA Ist das so schlimm, wenn du mal nackt bist?

ANGELA Ja, Sie sehen doch sehr ordentlich aus, besser als angezogen!

LUISA Woher wollen Sie das denn wissen?

ANGELA Nun ja ... Mit etwas Phantasie!

GIOVANNI Ich muß sofort in die Klinik. Ich habe Halluzinationen!

LUISA Aber ja, beruhige dich.

GIOVANNI Als sähe ich mich im Spiegel, nur hinten. Ich schaute mit dem Gesicht hinein, und er sah mit dem Hinterkopf heraus! Ich mit Hut und er ohne.

LUISA Ja, ich weiß, der Spiegel taugt nicht mehr viel!

GIOVANNI Ich muß zum Professor! Ich will in meine Zelle! *(Er läuft zum Hoftor.)*

LUISA *(ruft ihm nach)* Giovanni, Giovanni! Geh nicht alleine, du hast eine Amnesie ... Giovanni! *(Sie pfeift.)* Verflucht, wenn ich nur anständig pfeifen könnte! *(Sie läuft ins Haus, streift die Handschuhe ab und zieht sich Schuhe an.)*

ANGELA Armer Giovanni. Jetzt ist er auch noch durchgedreht. Und ich habe meinen Mann zur Arbeit geschickt, obwohl heute sein freier Tag war ...

DER ECHTE G. *(erscheint in der Badezimmertür. Er trägt einen Frisiermantel.)* Was ist jetzt mit dem heißen Wasser? Kommt das endlich?

LUISA *(entsetzt)* Oh, mein Gott! Giovanni im Spiegel! *(Sie fällt in Ohnmacht.)*

DER ECHTE G. Kann man dich noch nicht einmal fragen, wo das Badewasser bleibt, ohne daß du in Ohnmacht fällst? Noch heute fahre ich zurück an die Front, das sage ich dir.

2. Szene

Giovanni noch im Bademantel. Luisa am Tisch, ein feuchtes Tuch vor der Stirn. Giovanni macht Schießübungen. Er hat zu diesem Zweck einen sechsarmigen Leuchter mit brennenden Kerzen aufgestellt. Gemeint ist »der echte Giovanni«.

GIOVANNI Oh, nein, du kleines Superhirn, so geht das nicht! Du verbringst die Nacht mit ihm, und wenn der rechtmäßige Eigentümer vor der Tür steht, fällst du in Ohnmacht. Und ich dummer August soll das runterschlucken wie Kamillentee, weil es gut wäre für den Magen ... *(Er schießt eine Kerze aus.)*

LUISA Aber wie konnte ich denn ahnen, daß er dir wie aus dem Gesicht geschnitten ist! Sogar die Angela hat ihn mit dir verwechselt.

GIOVANNI Ja, aber sie hat ihn wenigstens nicht mit ins Bett genommen.

LUISA Ihn nicht, aber das Original.

GIOVANNI Versuch nicht, auszuweichen und mir den schwarzen Peter zuzuschieben. Und wenn dir dein Gesicht lieb ist: Immer schön bei der Wahrheit bleiben. Einverstanden? *(Er schießt, ohne zu zielen. Die zweite Kerze verlischt.)*

LUISA Schon gut, schon gut.

GIOVANNI Nehmen wir also an, daß dieser als Priester verkleidete Idiot mir tatsächlich ähnelt wie ein Ei dem anderen. *(Schuß. Kerze aus)* Aber, ich meine, als ihr euch so richtig nahe wart, hast du da keinen Unterschied bemerkt?

LUISA Doch, da schon, aber nicht zu deinem Vorteil.

GIOVANNI Wie schön! Erst fremdgehen und dann auch noch frech werden. Ich zieh dich durch die Mangel, daß du so breit bist wie ein Doppelbett-Laken!

LUISA Faß mich nicht an. Sonst siehst du mich nie wieder!

GIOVANNI Und wenn schon. Aber vorläufig ist mir sowieso dieser Bastard wichtiger, der sich einbildet, er könnte von meinem Tellerchen essen.

LUISA Auf den kannst du lange warten. Wenn der in der Klinik erzählt, was er hier erlebt hat, behalten sie ihn gleich da.

GIOVANNI Scheiße! Ich sitze im Schützengraben als Zielscheibe für die Krautfresser, und er macht sich auf Staatskosten ein schönes Leben. Kommt nicht in die Tüte! *(Schuß. Die vierte Kerze verlischt.)* Meinst du, das lasse ich mir entgehen, wenn ich einmal im Leben einen Doppelgänger finde? Hör zu, was ich mir Schönes ausgedacht habe. *(Er löscht mit einem Schuß zwei Kerzen aus, die ca. 50 Zentimeter entfernt voneinander stehen, und ist selber überrascht.)*

LUISA Laß hören, den schönen Gedanken.

GIOVANNI Du gehst in die Klinik, bringst ihn her und hältst ihm eine kleine Ansprache: »Was ist dir lieber? In der Klapse wirklich verrückt zu werden und dich daran zu gewöhnen, daß du Napoleon bist, oder hier im Haus mit mir und Giovanni zu leben, wo es dir gut gehen wird wie Gott in Frankreich?« Logisch, er ist gegen Napoleon und für Gott in Frankreich. Daraufhin stellst du deine Bedingungen. Erstens: Er steckt seine Nase nur aus der Haustür, um zur Visite zu deinem Professor zu gehn. Zweitens: Wohnen, schlafen und essen oben auf dem Trockenboden, der ist geräumig wie ein Tanzsaal und hat immer Außentemperatur. Drittens: Wenn er seiner Fratze auch nur die Andeutung eines Liebeslächelns für dich abringt, erwürge ich ihn eigenhändig und dich ebenfalls. Viertens und letztens: Seine Kriegsrente hole ich mir jeden Monat persönlich ab als Ersatz für Kost und Logis. Verstanden, den Hintergedanken?

LUISA Ich habe verstanden, daß du zum Kotzen bist und der übelste Ganove, der rumläuft.
(Der Blonde tritt auf; außer Atem und verstört.)

BLONDI Ich muß mit dir reden, Giovanni.

GIOVANNI Hallo Blondi! Reg dich erst mal ab.

BLONDI Grüß dich, Luisa!

LUISA Grüß dich ... *(Zu Giovanni)* Gewisse Gesichter brauchst du nicht gerade ins Haus zu bestellen.

GIOVANNI Halt, wo willst du hin?

LUISA Unseren Pensionsgast abholen, oder?

GIOVANNI Dann bist du einverstanden?

LUISA Natürlich. *(Mit Blick auf den Blonden)* Schaff ihn fort, bevor ich zurückkomme.

GIOVANNI Keine Angst, der redet nicht. Wir sind wie Brüder.

LUISA Ich weiß: Wie Galgen und Strick. *(Ab)*

GIOVANNI Also was gibt's?

BLONDI Sie haben mich geschnappt.

GIOVANNI Was?

BLONDI *(in einem Atemzug)* Sie haben mich aus dem Bett geholt und die ganze Nacht dabehalten; aber ich hab' dicht gehalten, und deshalb haben sie mich heute früh wieder gehen lassen.

GIOVANNI Und da kommst du zu mir? Verstehst du nicht, daß die dich nur entlassen haben, um dich zu beschatten? Du Hirni!

BLONDI Aber nein, und selbst wenn. Ich hab' sie längst abgeschüttelt!

(Jemand rüttelt am Hoftor. Giovanni schaut durch den Spalt der halbgeöffneten Tür nach draußen.)

GIOVANNI Na, dann sieh mal raus ...

(Der Blonde will weglaufen. Giovanni hält ihn auf. Die Türklingel schellt.)

GIOVANNI Eh, wo willst du hin? Glaubst du, die hätten dich nicht reinkommen sehn? *(Er zieht die weiße Anstaltskleidung an.)* So jetzt geh und mach auf. Aber wehe dir, wenn du das Maul nicht hältst.

BLONDI *(geht zum Hoftor)* Sieh an, so sieht man sich wieder! Was verschlägt Sie in diese Gegend, Herr Wachtmeister?

WACHTMEISTER Mach auf, los! Du hast wohl unserm lieben Giovanni schon mal was vorgezwitschert. Das nennt man Freundschaft. *(Der Wachtmeister und sein Assistent kommen ins Haus.)*

GIOVANNI *(spielt jetzt die Rolle des Giovanni, der das Gedächtnis verloren hat)* Guten Tag, die Herren, Sie wünschen?

BLONDI *(versteht Giovannis Rolle nicht)* Aber Giovanni, ihr kennt euch.

GIOVANNI Und wer sind Sie, mein Herr?

BLONDI Ich bin Blondi, dein Freund. Ist dir nicht gut, Giovanni?

WACHTMEISTER Was soll diese Farce?

GIOVANNI Verzeihung, Herr Kommissar, aber ...

WACHTMEISTER Wachtmeister, bitte! Keine Beförderungen. Das habe ich nicht nötig.

GIOVANNI Zu bescheiden. Ich wollte sagen, Herr Kommissar, ich kann mich praktisch an nichts erinnern ...

WACHTMEISTER Ach so? Na, dann wollen wir dir mal auf die Sprünge helfen. *(Gibt dem Assistenten ein Zeichen)*

ASSISTENT *(liest vor)* Donnerstag, den 27. . . .

WACHTMEISTER Klammer auf . . .

ASSISTENT Also vor genau drei Tagen . . .

WACHTMEISTER Klammer zu, Komma . . .

ASSISTENT Meldeten sich beim Militärproviantamt Verona ein Hauptfeldwebel des Landsturms und ein Gemeiner einer nicht näher identifizierten Einheit . . .

WACHTMEISTER Komma . . .

ASSISTENT Haarfarbe blond . . .

WACHTMEISTER Punkt.

ASSISTENT Die beiden Armeeangehörigen präsentierten Abholgutscheine im Gesamtwert von 50000 Lire . . .

WACHTMEISTER Klammer auf . . .

ASSISTENT In Worten: fünfzigtausend . . .

WACHTMEISTER Klammer zu, Punkt.

ASSISTENT Der diensthabende Proviantoffizier . . .

WACHTMEISTER Komma . . .

ASSISTENT Der Zweifel an der Echtheit der Abholgutscheine hatte . . .

WACHTMEISTER Komma . . .

ASSISTENT Bat sie am folgenden Tag wiederzukommen . . .

WACHTMEISTER Komma. Ach nein: Punkt . . . *(Denkt nach)* und Komma. Semikolon.

ASSISTENT Die zwei . . .

WACHTMEISTER Komma . . .

ASSISTENT Zogen daraufhin ihre Dienstpistolen und bestanden darauf, die Militärbürokratie könnte warten . . .

WACHTMEISTER Komma . . .

ASSISTENT Die Soldaten in vorderster Linie nicht . . .

WACHTMEISTER Komma . . .

ASSISTENT Und zwangen den Proviantmeister sowie zwei Kammerfeldwebel, die Waren auf einen Lastwagen zu verladen, der, wie sich herausstellte, mit dem gleichen System bei der Fahrbereitschaft entwendet worden war . . .

WACHTMEISTER Schlußpunkt.

ASSISTENT Weitergehende Ermittlungen haben ergeben ...

WACHTMEISTER Komma ...

ASSISTENT Daß die Gutscheine komplett gefälscht waren. Es ergeht Strafanzeige gegen die beiden Übeltäter und ihre eventuellen Komplizen ...

WACHTMEISTER Punkt und Schluß.

GIOVANNI Es ist wahrhaft monströs ...

WACHTMEISTER Komma ... *(Er bemerkt seinen Irrtum.)* Was ist monströs?

GIOVANNI Die besten Söhne des Vaterlands vergießen für dasselbige ihr Blut, und währenddessen verkleiden sich andere, zweifellos schlechtere Söhne desselben als dessen bessere, um denselben das Brot zu rauben, auch wenn es nicht das beste ist, aber schließlich sind wir ja im Krieg und ...

WACHTMEISTER *(hysterisch)* Halt das Maul! Nein, nein, mein Lieber, die Uniformen der beiden waren echt, und du bist der Hauptfeldwebel!

GIOVANNI Nicht Hauptfeldwebel, Herr Kommissar, nur Feldwebel. Keine Beförderungen, das brauche ich nicht. Hier ist meine Uniform. Bitte überprüfen Sie den Dienstgrad. *(Er deutet auf Uniformjacke und Mütze.)*

WACHTMEISTER Pah, du wirst dir noch einen Streifen drangenäht haben. Komm, komm, zieh den Schlafanzug aus und beeil dich, der Kommissar wartet.

GIOVANNI Das ist kein Schlafanzug. Das trägt man heutzutage in der Anstalt.

WACHTMEISTER Was für eine Anstalt?

GIOVANNI Ah, ich habe schreckliche Tage erlebt, Herr Kommissar ...

WACHTMEISTER Wachtmeister!

GIOVANNI Visiten, Gegenvisiten, eiskalte Duschen, Elektroschocks ... Und nur, weil ich als Priester gekleidet war.

WACHTMEISTER Als Priester gekleidet?

GIOVANNI Ja, da, die Soutane. *(Er holt aus einem Schrank im Bühnenhintergrund die Soutane.)* Ich durfte sie behalten, zur Erinnerung.

WACHTMEISTER Hör zu, versuch nicht, mich an der Nase herumzuführen!

GIOVANNI Ach, Kommissar, glauben Sie wirklich, mir wäre zum Scherzen zumute? Seit fünf Tagen leide ich unter totalem Gedächtnisausfall, und vielleicht haben Sie sogar recht. Ich könnte wirklich die furchtbarsten Dinge der Welt begangen haben. Ich erinnere mich an nichts, Herr Wachtmeister.

WACHTMEISTER *(wütend)* Kommissar, bitte!

POLIZIST *(ein Polizist tritt ein)* Herzlichen Glückwunsch!

WACHTMEISTER Glückwunsch? Wozu?

POLIZIST Zu Ihrer Beförderung.

WACHTMEISTER *(erfreut)* Befördert? Woher wissen Sie das?

POLIZIST Von Ihnen, Sie haben selber gesagt: Kommissar, bitte!

WACHTMEISTER *(tobend)* Wachtmeister, nicht Kommissar!!

GIOVANNI Schon aus der Traum!

WACHTMEISTER Also, was gibt's?

POLIZIST Der Herr Kommissar bittet Sie zu kommen, Herr Wachtmeister.

WACHTMEISTER Ja, ja, wir kommen gleich. Hör zu, deine Story schluck ich nicht. Ich habe dich für intelligenter gehalten. Merkst du nicht, daß deine Story mit zwei oder drei Telefonaten zusammenbricht? Los, los, zieh dich an, mach Beine ...

GIOVANNI Nicht drängeln, das mag ich nicht. Außerdem sind Sie nicht mein Typ.

POLIZIST Herr Kommissar, äh ... *(Er verbessert sich.)* Herr Wachtmeister, wenn Sie gestatten: Er braucht nicht angezogen zu werden.

WACHTMEISTER Wieso? Wollen Sie ihn in dieser Kluft ins Präsidium schaffen?

POLIZIST Nein, ich meine nur, weil der Herr Kommissar gesagt hat: einstellen.

WACHTMEISTER Wieso einstellen?

POLIZIST Der Kommissar läßt Ihnen ausrichten, der richtige Giovanni ist seit Tagen in der psychiatrischen Anstalt wegen einer Amnesie.

WACHTMEISTER Wollen Sie mich verrückt machen? Wie

können Sie sagen, er wäre in der Klinik, wenn er hier ist? Schaun Sie hin, alle beide: Ist er hier oder nicht?

BLONDI Darf ich auch mal gucken?

WACHTMEISTER Meinetwegen! Seht ihr ihn?

BLONDI Verzeihung, könnten Sie etwas beiseitetreten? Ja, jetzt sehe ich ihn.

ASSISTENT Ja, wenn er vor drei Tagen in der Klapsmühle war, beim Dachdecker, kann er nicht in Verona geklaut haben.

GIOVANNI Sagen Sie das nicht, einem Menschen ohne Gedächtnis ist alles zuzutrauen. Dieser blonde Mensch hier, der vorgibt, mein Freund zu sein, könnte den Raub jedenfalls begangen haben, obwohl sein Haar offensichtlich mit Wasserstoff gefärbt ist.

BLONDI Du Hund!

GIOVANNI Ich sage das nur, weil der Herr Wachtmeister sagt, einer der beiden Räuber sei auffällig blond gewesen.

WACHTMEISTER Nein, nein. Die Haarfarbe habe ich erfunden. Das war eine Falle! Unser hauptsächlicher Verdacht richtete sich gegen dich, Giovanni, um ehrlich zu sein. Du kannst es dir momentan vielleicht nicht vorstellen, aber der Überfall in Verona trägt deine Handschrift. Der Blonde hier war höchstens dein Handlanger.

BLONDI *(beleidigt)* Jetzt untertreiben Sie aber. Handlanger! Ich will euch mal was erzählen!

GIOVANNI Was können Sie schon erzählen? Sie mit Ihren gefärbten Haaren! Sie wissen doch gar nicht, wo Verona liegt!

BLONDI Oh, nein, Giovanni, jetzt beleidigst du mich!

WACHTMEISTER Er hat recht, Blondi! Außer Giovanni will niemand mit dir arbeiten. Und wenn Giovanni nicht in Verona war, kannst du auch nicht dort gewesen sein. Tja! Da hat uns einer ganz schön was vorgelogen, muß ich sagen.

GIOVANNI Tut mir leid, Wachtmeister. Wenn ich sehe, wie Sie leiden, kriege ich fast Schuldgefühle.

(Die Beamten gehen ab. Der Wachtmeister verharrt noch einen Moment auf der Schwelle. Der Blonde

denkt, er wäre schon draußen auf der Straße, und stürzt sich auf Giovanni.)

BLONDI Du Dreckstück! Das wirst du mir büßen! Ein schöner Freund bist du!

GIOVANNI Was soll das? Ich dachte, ich hätte deutlich genug ausgedrückt, daß mir gewisse Elemente unsympathisch sind. Bitte gehen Sie!

BLONDI Nein, ich bleibe. Ich mach dich alle, du . . .!

WACHTMEISTER Ach, Giovanni? Soll ich ihn fortschaffen?

GIOVANNI Nein, lassen Sie nur. Im Grunde tut er mir leid. Danke und auf Wiedersehn.

WACHTMEISTER Auf Wiedersehn, Giovanni. Und versuch nicht, gesund zu werden. Es ist besser für dich. *(Ab)*

BLONDI *(wirft sich wieder auf Giovanni)* Du Hundefresse! Katzendreck! Ich komme extra her, um dich zu warnen, und du haust mich in die Pfanne!

GIOVANNI *(schlägt ihm vor die Stirn)* Wann begreifst du, daß ich dich gerade noch rausgezogen habe, du Hirnamputierter?!

BLONDI Du? Mich rausgezogen? Du bist ein Spitzel! Erst steckst du ihm, daß ich Blondi heiße, was er schon vergessen hatte, dann . . .

GIOVANNI Du Depp! Warst du in Verona vielleicht blond?

BLONDI Natürlich nicht! Du hast mir doch selber die schwarze Schuhcreme in die Haare geschmiert. Erinnerst du dich nicht?

GIOVANNI Eben! Und deshalb war doch klar, daß er das mit dem Blonden nur gesagt hatte, um dich aufs Glatteis zu führen, oder?

BLONDI Du bist wirklich ein Ass, Giovanni! Und die Geschichte, daß du zwar in Verona warst, aber gleichzeitig auch hier in der Klapse, wie bist du darauf gekommen?

GIOVANNI Das ist die Wahrheit!

BLONDI Die Wahrheit?

GIOVANNI Man nennt es bildliche Übertragung oder auch Realprojektion. Wir sind vielleicht drei oder vier auf der Welt, die das können. Ich, ein Inder namens Brahmaputra und der englische König.

BLONDI Der Golfspieler?

GIOVANNI Ja, aber er hat aufgehört damit.

BLONDI Wie schade.

GIOVANNI Ach, weißt du, als es noch Mode war, auf Könige zu schießen wie auf Kaninchen, war es ganz praktisch. Er schickte einfach eine Realprojektion auf die Rennbahn und blieb seelenruhig daheim sitzen. Aber heutzutage ...? Außerdem waren sie miserabel, seine Doppelgänger.

BLONDI Giovanni, bitte: Könntest du noch mal deinen Doppelgänger machen?

GIOVANNI Hör auf, ich hab' keine Lust. Wir müssen zu deinem Geizkragen, der uns den Lastwagen voll Zeug abkaufen soll. Außerdem habe ich heute vormittag schon einen gemacht.

BLONDI Und wo steckt er?

GIOVANNI Na, in der Klinik. Er wird gerade untersucht.

BLONDI Das gibt's doch nicht! Du hast ihn in die Klinik geschickt? Und wenn ihm unterwegs schlecht wird?

GIOVANNI Der ist unter Kontrolle. Ich rede mit dir, und gleichzeitig befehle ich ihm in Gedanken alles, was ich will.

BLONDI Oh, Giovanni! Du hast einen Kopf! Du bist schlimmer als der Teufel. *(Von der Straße betreten Luisa und der andere Giovanni den Vorhof.)* Und jetzt zum Beispiel, was macht er jetzt in diesem Augenblick?

GIOVANNI Er kommt herein und setzt sich hin!

BLONDI Herein? Wo?

GIOVANNI Ins Haus.

BLONDI Welches Haus?

GIOVANNI Da, dreh dich um.

BLONDI *(dreht sich um und sieht sich dem Doppelgänger gegenüber, der ihn treuherzig anstarrt)* O, Giovanni, du bist wirklich ein Teufel. Dein Doppelgänger! Du bist tatsächlich besser als der englische König!

(Dunkel. Zwischenvorhang, hinter dem das Bild gewechselt wird. Davor zwei Schauspieler, die das Titellied singen.)

Lied

Er hatte zwei Pistolen, und seine Augen waren
schwarz und weiß:

Was ein großer Teufel war Giovanni
alias der Zunder,
tat sich nach dem Kriege sehr hervor
und besudelte des Königs militärischen Plunder,
bis das Vaterland die Ehre fast verlor.

Vor Giovanni zitterten die Juweliere,
vor ihm zitterte das Pfandhaus auch,
und die Kommissare weinten wie die Kinder,
und dem Bürgermeister grummelt laut der Bauch.

Er hatte zwei Pistolen scharf geladen,
und seine Augen waren schwarz und weiß.
Die Hände trug er meistens in der Jackentasche,
und seine Augen waren schwarz und weiß.
In jeder Hand, in jeder lag 'ne Waffe,
und die Koteletten trug er dünn wie Zwirn.
Ein Auge schwarz, das andere weiß,
er brauchte nicht zu zielen.
Doch wenn er schoß,
dann traf er mitten in die Stirn.

In jeder Hand, in jeder lag 'ne Waffe,
und herrliche Koteletten trug er auf den Kiemen.
Entweder schießt du schneller,
oder deine Frau wird Witwe
und tröstet sich mit einem
anderen strammen Riemen.

Ein schöner Sonntag folgte jenem Samstag,
an dem die erste schöne Leiche ihm gelang.
Ein Schuß ins Ohr, er starb fast auf der Stelle.
Ich sah nur sein Profil. Ganz auf die Schnelle.

Und es vergingen manche Jahre seit der Untat.

Wir schreiben schon neun, zehn, hundert und vier und zwanzig.
Giovanni respektiert nicht mal den Fastenmonat, und Kommissar Weißalles ist schon lange tot und ranzig.

Refrain: »Er hatte zwei Pistolen« bis »mitten in die Stirn«.

3. Szene

Sechs Jahre später.
Raum im Polizeirevier. Kleine runde Kaffeehaustische, an denen Polizisten sitzen. Einer ist als Frau verkleidet. Ein Polizist, der ein Servierschürzchen trägt, kommt herein.

KOMMISSAR *(zum falschen Kellner)* Los, beweg dich! *(Ein Polizist streckt das Bein aus, der falsche Kellner stolpert und bespritzt den als Frau verkleideten Beamten mit Kaffee.)*

POLIZIST-FRAU He, du, paß auf. Da! Wie du mein Kleid eingesaut hast!

POLIZIST-KELLNER Was schimpfst du mit mir? Beschwer dich bei ihm.

KOMMISSAR Stopp! Aufhören, du Trottel! Das ist die Generalprobe, und schon beim ersten Zwischenfall verrätst du dich!

POLIZIST-KELLNER Ja, aber wenn er mir ein Bein stellt!

KOMMISSAR Wie oft soll ich euch noch sagen, wir gehen nicht ins »Schumann«, sondern in den »Blauen Nachtfalter«, wo noch ganz andere Sachen passieren werden. Los, noch mal von vorne! *(Zum Polizist-Frau)* Und du, wenn du unbedingt was sagen mußt, sprich weiblicher!

POLIZIST-FRAU Verzeihung, Herr Kommissar, ich war so überrascht. Außerdem war ich noch nie die Frau!

KOMMISSAR Und beweg die Hände nicht wie ein Elefant! Etwas mehr Grazie! Komm, zeig mal, wie du gehst.

(Alle kommen nach vorne, während dahinter der Zwischenvorhang für den Szenenwechsel heruntergelassen wird.) Unmöglich, wie du gehst. Sag mal, hast du keine Verlobte?

POLIZIST-FRAU Zu Befehl!

KOMMISSAR Und die geht so?

POLIZIST-FRAU Das weiß ich nicht. Ich sehe sie immer in ihrer Wohnung!

KOMMISSAR Schön, aber in der Wohnung läuft sie.

POLIZIST-FRAU Vielleicht, aber ich habe es nie gesehen.

KOMMISSAR Ist sie gelähmt?

POLIZIST-FRAU Nein, aber wenn ich komme, liegt sie immer schon im Bett. Wir sind erst seit kurzem verlobt.

KOMMISSAR Ich werde wahnsinnig. Der einzige, der ein passables Gesicht hat, hat noch nie eine Frau im Stehen gesehn.

BRIGADIER Verzeihung, Herr Kommissar, könnte man nicht auf die Frau verzichten?

KOMMISSAR Wundervoll! Wenn wir ohne Frau reinkommen, schnallen die sofort, daß wir von der Polizei sind. Los, sprich mir nach. *(Er bemüht sich, so weiblich wie möglich zu sprechen.)* »Ist das warm heute abend, oh, nein!«

POLIZIST-FRAU *(imitiert ihn, verlegen)* »Ist das warm heute abend, oh, nein!«

KOMMISSAR Lockerer, eleganter! Schau auf meine Hände. »Herr Ober! Kinder, ruft mir sofort einen Kellner, ich verdurste!« Schlag die Beine übereinander.

POLIZIST-FRAU *(bemüht sich mit weiblicher Stimme zu sprechen)* »Schlag die Beine übereinander.«

KOMMISSAR Nicht den Papagei spielen, ja? Und du, Kellner, beweg dich. Hübsch die Füße aufsetzen und die Hinterpfoten anheben ...

POLIZIST-KELLNER Gnädige Frau wünschen?

KOMMISSAR *(weiblich)* Fräulein, bitte.

POLIZIST-KELLNER Pardon, Sie wünschen, gnädiges Fräulein?

KOMMISSAR Eine Orangeade, aber frisch gepreßt bitte.

EIN POLIZIST *(tritt ein)* Herr Kommissar, sie werden am Telefon verlangt.

KOMMISSAR *(weiterhin mit weiblicher Stimme)* Wer ist dran?

POLIZIST Ein Herr.

KOMMISSAR *(weiblich)* Sagen Sie, er soll später nochmal anläuten. *(Mit normaler Stimme)* Haben Sie gehört? Wie ich nicht einmal in dieser prekären Situation aus der Figur herausgetreten bin? Was immer auch geschieht, du mußt immer Frau bleiben ... *(Wieder weiblich)* Hallo, Kleines, was machst du denn hier? *(Mit normaler Stimme)* Los, antworte.

POLIZIST-FRAU *(versucht den Kommissar zu imitieren)* Oh, ich bin mit ein paar guten Freunden hier.

KOMMISSAR Gut! Du machst Fortschritte ...

POLIZIST-FRAU *(im Falsett, spitz, kokett)* Danke, Herr Kommissar.

KOMMISSAR Und nenn mich nicht Kommissar. Ich heiße Piero.

POLIZIST-FRAU *(ziert sich ein wenig)* Nein, das kann ich nicht.

KOMMISSAR Dummerchen, natürlich kannst du. Wenn du mich Kommissar nennst, werde ich umgelegt. Kapiert?

POLIZIST-FRAU *(weiblich)* Oh, ja, Piero, das verstehe ich.

KOMMISSAR Also los, gehen wir. Und du, reich ihr deinen Arm, als würdet ihr ins Lokal kommen.

EIN POLIZIST *(kommt herein)* Wo ist der Kommissar, bitte?

KOMMISSAR Schön locker, viel eleganter. Mehr Grazie ... Mit den Hüften wackeln, schau her. Ja, was gibt's? *(Er geht mit Hüftschwung, ohne zu übertreiben.)*

DER POLIZIST *(nimmt Haltung an)* Polizeibeamter Terluzzi, Sittenpolizei. Ich habe die Liste der Festnahmen aus dem Edel-Bordell ...

KOMMISSAR *(mit weiblicher Stimme)* Ah, diese Sittenstrolche von heute nacht ... Geben Sie die Akte dem Wachtmeister. Ich komme sofort. *(Zum Polizist-Frau)* Wunderbar. Genau. Gib mir deinen Arm, jetzt üben wir Treppe. Treppensteigen gehört mit zum schwierigsten, was es gibt im Leben.

Beide ab. Der Polizist schaut ihnen entgeistert nach.

4. Szene

Im Lokal »Der blaue Nachtfalter«. Luisa singt mit Mikrofon. Einige Gäste hören gelangweilt zu. Nach den ersten Takten nimmt sie das Mikro vom Ständer, schreitet die Stufen von der Bühne herab und geht von Tisch zu Tisch.

Lied

Lieb mich nicht im Stundenzimmer,
nicht mit Taxameter unterm Bett.
Ich bin so sensibel, wie du weißt.
Laß uns nie auf Liegesitzen,
nie in deinem Auto schwitzen.
Und dann sag mir vorher, wie du heißt.

Ich mach dir einen kleinen Vorschlag,
der mir sehr gefällt:

Wir spielen zwei Arthrotiker,
rheumatische Erotiker,
und legen uns in seidenweichen Sand –
begraben gegenseitig uns am Meeresstrand.

Wir treiben's, wie die Austern sich begatten,
wir buddeln Burgen, Höhlen und noch mehr.
Wir spielen, wie wir es als Kinder taten,
begraben gegenseitig uns am Meer.

Und unsere Hände treffen sich dann unterm Sand,
als ob der Strand ein großes Bettuch wäre.
Und unser Kissen wären dann die sieben Meere.
Du überfraut und ich ganz übermannt.

Während des Liedes kommen von allen Seiten die als Gäste verkleideten Polizisten herein, auch der Polizist-Frau. Am Ende des Liedes betritt der Kommissar, als Ansager verkleidet, das Podium.

KOMMISSAR Danke! Danke! Und jetzt, liebe Gäste, meine Damen und Herren, die Überraschung des Abends. Die Direktion dieses Etablissements hat mich gebeten, ein kleines Gesellschaftsspiel zu organisieren ...

LUISA *(zum Besitzer des Lokals)* He, hast du diesen Einfall gehabt?

LUIGI Ich habe den noch nie gesehen! Komm runter da und hör auf mit dem Blödsinn, ich will hier keinen Ärger mit der Polizei, verstanden?

KOMMISSAR Keine Sorge, Herr Direktor, es gibt keinen Ärger. Die Polizei sind wir. *(Er weist seinen Ausweis vor.)*

LUIGI *(liest)* Kommissar?!

KOMMISSAR Tja, meine Damen und Herren, ich habe das Vergnügen, Ihnen vorzustellen: Kommissar Piero in Person! Aber mein Name spielt keine Rolle, Hauptsache, Sie wissen, wie das Spiel geht. Ich sage Ihnen gleich, um Mißverständnisse zu vermeiden, hier im Lokal sind einige meiner Leute verteilt, unauffällig bewaffnet, und das Haus ist ebenfalls umstellt. *(Der Polizist, der als Frau verkleidet ist, stößt einen Schrei aus.)* Keine Angst, gnä' Frau, es wird Ihnen nichts passieren.

POLIZIST-FRAU Aber ich habe keine Angst, Signor Piero. Dieser Flegel hier hat mich gekniffen.

KOMMISSAR *(zu dem betreffenden Gast)* Mein Herr, so geht das nicht. Unser Spiel besteht nicht darin, die Damen zu kneifen, sondern unserem Freund Giovanni Gallina einen sympathischen Empfang zu bereiten, da er ein lieber Gast dieses Hauses sein soll.

LUIGI Herr Kommissar, ich versichere Ihnen ... Ich tappe völlig im dunkeln ...

KOMMISSAR Schau an. Der Herr Direktor tappt im dunkeln! Sein Freund Gallina ist einmal die Woche hier, und er merkt von nichts!

LUISA Wer hat hier gespitzelt, das will ich jetzt wissen!

KOMMISSAR Noch jemand, der im dunkeln bleiben will. Und nun setzen Sie sich, wir wollen anfangen. *(Luisa versucht abzuhauen.)* Sie auch! Sie gehen auf ihren Platz zurück und singen, sonst gibt's dicke Luft.

LUISA Haben Sie einen bestimmten Wunsch?

KOMMISSAR Ich bin total unmusikalisch und interessiere mich nicht für Musik. Wenn es ein Liebeslied ist, singen Sie, was Sie wollen. Aber ohne Mikrofon. Das brauche ich. *(Er geht durch die Tischreihen und zieht die Schnur hinter sich her, so daß diese eine lange Schlangenlinie bildet.)* Probe ... Probe ... eins, zwei ... Es funktioniert. Letzte Spielregel: Alle männlichen Gäste heben die Speisekarte in Augenhöhe, so ... *(Er macht es vor. Zum Polizist-Frau)* Du nicht, Blödmann. *(In die Runde)* So ist es recht. Sie werden feststellen, daß dank dieser Maßnahme nicht feststellbar ist, von welchem Tisch meine Stimme kommt. Amüsant, nicht wahr?

POLIZIST-KELLNER *(hat am Fenster Platz genommen, das von der Balustrade auf die Straße führt)* Sie kommen. Zu zweit! Der Blonde ist auch dabei!

LUISA Der Judas bringt den Messias!

KOMMISSAR Woher willst du wissen, daß ausgerechnet er der Spion war?

LUISA Sie haben gesagt, es wäre ein guter Freund, nicht wahr?

KOMMISSAR Los! Sing endlich! Und keine Dummheiten. Wenn er anfängt zu schießen, gibt's ein Blutbad! *(Alle Damen stoßen einen Schrei aus.)* Ruhig, meine Damen!

(Licht aus. Spot auf Luisa. Sie singt.)

Lied

Wenn ick morjens früh aufsteh,
de Ogen janz vaschmiert,
un den Kerl da stehen seh,
wie a sich rasiert,
und der Kaffeekessel macht Kikeriki,
zittern mir die Knie wie noch nie.

Wenn er aba abends spät
mir janz zart berührt
und mit mir zu Bette jeht

und mir jleich vaführt,
macht's bei mir Kikeriki
und mir zittern beide Knie
wie noch nie.

Ach, die Welt iss voll Polente,
hier ist eener, da und dort,
außen um die Bude rum
und sogar am Abort.
Darum duck dich, mach dich klein,
runta uff die Knie,
der Fuchs, der sitzt im Hühnerstall
und macht Kikeriki!

(Giovanni und Blondi kommen links in das Lokal.)

BLONDI Eh, Giovanni, hör mal. Luisa schmeißt sich ganz schön ran heute.

GIOVANNI Still!

BLONDI Was gibt's?

GIOVANNI Still, laß mich zuhören.

LUISA *(Schluß des Liedes)* »... der Fuchs, der sitzt im Hühnerstall und macht Kikeriki.«

BLONDI Verstehst du, was sie singt?

GIOVANNI Ja. Hier im Hühnerstall sitzt ein Fuchs, der sich als Hahn verkleidet hat und kräht.

BLONDI Ich mag solche albernen Lieder nicht, aber wenn du recht hast, sitzen wir in der Falle.

GIOVANNI Du sagst es.

BLONDI Und wenn ich das Lied richtig verstanden habe, haben die Bullen auch verstanden, daß wir sie verstanden haben.

GIOVANNI Das glaube ich weniger. Sie verstehen nichts von Musik. Noch ist Hoffnung.

BLONDI Das Lokal ist voll Bullen, und das Haus ist umstellt.

GIOVANNI *(zieht Jacke und Handschuhe aus)* Laß nur, der Schädel hier funktioniert noch! Besorg mir etwas Stroh oder so ähnlich.

BLONDI Du bist wahnsinnig!

GIOVANNI Tu, was ich dir sage. Gleich siehst du einen kleinen Trick, den ich im Varieté gelernt habe. *(Mit lauter Stimme)* Ah! Du dreckiger Judas! Du hast mich verraten!

BLONDI *(leise)* Nein, Giovanni, das meinst du doch nicht ehrlich, oder?

GIOVANNI *(leise)* Los, mach mit. Gib mir den Eisendraht da . . . *(Laut)* Du bist das niederträchtigste Stück Vieh, das mir je untergekommen ist! . . . *(Leise)* Jetzt ein Stück Holz, zwanzig Zentimeter lang. *(Laut)* Ein schöner Freund bist du! Gib die Pistole her! *(Leise)* Los, sag was, wir müssen Zeit gewinnen.

BLONDI *(laut)* Wer ist ein niederträchtiges Stück Vieh?!

GIOVANNI Du bist ein niederträchtiges Stück Vieh!

BLONDI Ich bin ein niederträchtiges Stück Vieh?

GIOVANNI Ja, du.

BLONDI Ich?

GIOVANNI Du!

BLONDI Ach so. *(Leise)* Und was sage ich jetzt?

(Giovanni knallt ihm eine und schiebt ihn nach rechts.)

POLIZIST-KELLNER Ich sehe sie nicht mehr. Sie sind hinter der Ecke.

BLONDI *(von draußen laut)* Los jetzt, Hände auf den Rükken und keine Matenten! Jetzt gebe ich die Befehle!

GIOVANNI *(draußen laut)* Du Unglückswurm, die machen uns kalt!

KOMMISSAR Was machen sie?

POLIZIST-KELLNER Sie streiten sich.

KOMMISSAR Meinetwegen können sie sich gegenseitig umbringen!

POLIZIST-KELLNER Da kommt einer von ihnen. Der Blonde! Er geht rückwärts und ist bewaffnet. Er hat eine Pistole in der Hand.

(Die Frauen schreien und springen auf.)

KOMMISSAR Sitzenbleiben!

POLIZIST-KELLNER Jetzt kommt auch der andere. Er hat die Hände auf dem Rücken gefesselt!

LUISA Ich wußte es, dieser Schweinehund!

KOMMISSAR Still! Sing weiter! *(Luisa singt weiter.)*

BLONDI Komm schon, komm schon und laß schön die

Hände auf dem Rücken, sonst brenn ich dir eine auf's Fell!

(Die beiden erreichen die Mitte der Vorderbühne und überqueren sie langsam, Gesicht an Gesicht. Ihre Stimmen sind getragen.)

GIOVANNI Ist ja gut, Junge, ich tu dir nichts. Aber glaub mir, an meinem Prozeß nimmst du nicht mehr teil. Da stinkst du nicht einmal mehr.

BLONDI *(öffnet die Tür mit einem Fußtritt)* Vorwärts, hier entlang!

GIOVANNI Sieh nur, wie du zitterst. Endlich verstehe ich, weshalb du heute abend hierher wolltest, du schleimiger Verräter.

BLONDI Hände nach hinten, oder es knallt.

(Die Schwingtür öffnet sich, Giovanni tritt ein und bleibt stehn. Rücken zur Tür. Durch den Türspalt lugt eine Waffe. Der Blonde bleibt draußen.)

BLONDI Da, bitte, Herr Kommissar. Wie besprochen. Sie kriegen Ihren Mann und ich die Belohnung. Holen Sie ihn.

KOMMISSAR *(über Mikrofon, wie zuvor)* Was für eine glänzende Idee, Blondi. Der dumme Kommissar kommt auf die Bühne, und du schießt ihn ab wie ein Kaninchen. Nein, mein Lieber.

BLONDI Glauben Sie, ich wüßte nicht, daß an jedem Tisch einer von Ihren Leuten sitzt? Wenn ich Sie abknalle, bin ich geliefert.

KOMMISSAR Du vergißt die anderen, die ich auf der Straße postiert habe und die dich abfackeln wie eine Weihnachtsgans, sobald du rauskommst.

BLONDI Scheiße, Giovanni, der ist noch gerissener als wir. Was soll ich jetzt machen?

GIOVANNI Nichts. Komm rein, diesmal haben sie uns wirklich gekrallt.

KOMMISSAR So gefallt ihr mir. Ihr fangt an vernünftig zu werden. Schieb die Waffe her! *(Die Waffe schliddert bis vor die Füße des Polizisten, der als Frau auftritt und den üblichen spitzen Schrei ausstößt.)* Großartig! Keine falsche Bewegung! Auf der Bank liegen die Handschellen!

BLONDI Oh, ja, da sind sie ja!

KOMMISSAR Ich hoffe, du weißt, wie die Dinger funktionieren. Zieh sie deinem Freund an, aber keine Späßchen. Hier sitzen fünf Scharfschützen.

(Der Blonde legt Giovanni Handschellen an.)

BLONDI So, Herr Kommissar. Darf es sonst noch etwas sein?

KOMMISSAR Ja, leg die Hände auf den Kopf, und dann dreht euch zur Wand. Alle beide. So, jetzt können wir uns endlich miteinander bekanntmachen: Brigadier Chiarini, Wachtmeister Stefanio, Wachtmeister Rota und, stets zu Diensten, Ihr Kommissar ...

(Die aufgerufenen Beamten erheben sich und machen eine Verbeugung. Der letzte hat sich kaum erhoben, als ein Höllenlärm losgeht. Giovanni schießt unter seiner Jacke hervor. Die beiden Wachtmeister und der Kommissar fallen sofort tot um. Der falsche Kellner will auf Giovanni schießen, der ihm den Rücken zuwendet. Der Blonde nimmt seinen Hut ab. Auf seinem Kopf liegt eine Pistole. Giovanni schießt währenddessen auf den falschen Gitarristen, der in seiner Gitarre eine MP mit kurzem Lauf eingebaut hatte. Erst jetzt bemerkt man, daß er die Arme nicht in den Jackenärmeln hat. Die Jackenärmel mit den Handschellen sind mit Heu oder Stroh gefüllt und werden von einem Stück Holz zusammengehalten. Die Hände, in denen er je eine Pistole hält, befinden sich vorne in Höhe des Gürtels.)

GIOVANNI Und vier! Wo ist der fünfte! Der Kommissar sagte, fünf Scharfschützen. Komm, Junge, ich habe keine Lust, mit der falschen Maus zu spielen! Komm raus, ich tu dir nichts ...

POLIZIST-FRAU Gestatten Sie ... *(Sie steht auf.)*

GIOVANNI Sprich, Puppe ... Weißt du was über den fünften?

POLIZIST-FRAU Ja ... Ich bin der fünfte Scharfschütze ... *(Aus ihrer Handtasche wird ein Schuß abgefeuert. Giovanni läßt sich fallen und reißt den Blonden zu Boden, so daß der Schuß ins Leere geht. Er schießt seinerseits.*

Der Polizist stößt einen überaus weiblichen Schrei aus und fällt zu Boden. Während er stirbt, gibt er einen Seufzer von sich.)

POLIZIST-FRAU Oh, Piero . . .! *(Fast gesungen, Sopran)*

Licht aus. Ende des 2. Aktes.

3. Akt

1. Szene

Luisas Wohnung. Der falsche Giovanni mit Bart und Brille auf einer Bücherleiter. Er hält das Buch so hoch, daß sein Gesicht verdeckt wird. Auf einen Pfiff hin werden die Türen aufgerissen. Vier Polizeibeamte stürmen herein und bringen sich in Sicherheit.

KOMMISSAR *(unverkennbar derselbe, der am Schluß der vorigen Szene scheinbar getötet wurde. Sein Kopf ist verbunden, auf dem einen Auge trägt er eine schwarze Klappe.)* Keine Bewegung, sonst machen wir ein Sieb aus dir!

GIOVANNI *(ohne sich zu rühren)* Darf ich wenigstens noch umblättern? Das Kapitel ist gleich zu Ende ...

KOMMISSAR Ganz der alte! Erst veranstaltet er ein Blutbad, und dann, als wäre nichts passiert, geht er heim und liest ein gutes Buch. Ich hätte dich für klüger gehalten. Los, komm runter, aber Beeilung!

GIOVANNI Das geht nicht. Wegen der Kette.

KOMMISSAR Was für eine Kette?

GIOVANNI Hier, am Fuß. *(Er zieht das Hosenbein hoch. Sein Fuß ist mit einer gewaltigen Kette an der Leiter befestigt.)*

KOMMISSAR *(zu einem Beamten, der eine Ledermanschette um den Hals trägt und ein steifes Bein hat)* Schau nach, aber sei vorsichtig. Womöglich ist es einer seiner Späße.

POLIZIST *(vorsichtig)* Er ist wirklich angekettet, sogar mit einem Vorhängeschloß.

KOMMISSAR Wer war das?

GIOVANNI Ich selber, Herr Kommissar, damit ich nicht davonlaufe und mich ganz meinen Studien widmen kann.

KOMMISSAR Willst du mich mal wieder reinlegen?

2. POLIZIST *(hat den Hals und eine Gesichtshälfte in Gips)*

Herr Kommissar, man hat uns geleimt. Das ist nicht Giovanni!

KOMMISSAR Schau mich an!

GIOVANNI Darf ich das Buch jetzt senken?

KOMMISSAR Ja.

GIOVANNI Danke.

KOMMISSAR Er ist es! Der Bart ist gefälscht! Los, schließ das Schloß auf und mach dir diesen Fastnachtsbiber ab.

GIOVANNI Gerne, Herr Kommissar, aber der Schlüssel liegt auf dem Schrank da drüben.

KOMMISSAR Schluß jetzt! Los, ihr da: haltet ihn fest. Dem werde ich es zeigen, hier mit einem falschen Bart herumzusitzen! *(Er stürmt die Büchertreppe hinauf und zerrt an dem Bart. Giovanni schreit.)* Unglaublich, der Bart ist echt! *(Giovanni jammert.)*

POLIZIST Ich hab's Ihnen gesagt. Er ist es nicht ... Aber ähnlich ist er ihm. Vielleicht sind sie Brüder.

KOMMISSAR Halt's Maul! Also los, wer bist du?

GIOVANNI Ich weiß nicht ...

KOMMISSAR Was heißt, ich weiß nicht?

GIOVANNI Schaun Sie, vor sechs Jahren, im letzten Kriegsjahr, haben Sie mich das schon mal gefragt, und ich habe Ihnen gesagt, ich habe das Gedächtnis verloren. Herr und Frau Gallina haben mich hier im Haus aufgenommen und sorgen für mich, als wäre ich ihr eigener Bruder. Ich darf sogar lesen.

KOMMISSAR Und was studieren wir Schönes?

GIOVANNI Gesetz und Recht. Der Vermieter ist ein pensionierter Revisionsrichter, und deshalb gibt es hier nur juristische Bücher!

KOMMISSAR Wie schön. Da hat unser Giovanni ja einen tüchtigen Anwalt, wenn er endlich vor Gericht steht.

GIOVANNI *(lacht)* Sie machen sich über mich lustig, Herr Kommissar. Sie haben gezwinkert.

KOMMISSAR Nun ja, vielleicht. *(Er befühlt sein Auge hinter der Augenklappe.)* Also gehen wir. Wir verlieren hier nur unsere Zeit.

GIOVANNI Bevor Sie gehen, würden Sie mir bitte den Schlüssel rüberwerfen? Ich müßte mal ausspannen.

KOMMISSAR *(nimmt den Schlüssel vom Schrank)* Da, bitte.

GIOVANNI Danke.

KOMMISSAR Leben sie wohl, Herr Rechtsanwalt.

GIOVANNI Auf Wiedersehn und vielen Dank.

(Kommissar und die Polizisten ab. Eine Bücherwand bewegt sich. Der Blonde kommt zum Vorschein und nimmt Giovanni den Schlüssel weg.)

BLONDI Her damit, Kleiner.

GIOVANNI He! Willst du mich für den Rest meines Lebens hier sitzen lassen?! Seit Stunden hocke ich hier oben. Ich muß mal.

BLONDI Und wie hast du es sonst gemacht?

GIOVANNI Normalerweise ist Luisa nie nach ein Uhr zurückgekommen. Außerdem hat sie mich immer nur angeschlossen, wenn Giovanni hier war.

BLONDI Das ist ja interessant. Wenn die rauskommt, kann sie was erleben.

GIOVANNI Wieso rauskommt? Ist sie verhaftet?

BLONDI Natürlich. Wegen Begünstigung. Die können sich denken, wer uns gewarnt hat. Laut genug gesungen hat sie ja.

GIOVANNI Arme Luisa!

BLONDI Es gibt natürlich einen Weg, sie rauszuholen.

GIOVANNI Und wie?

BLONDI Wenn Luisa ihnen einen Tip gibt, wo Giovanni sich versteckt hat. Im Stadtwald, in der alten Meierei. Luisa verrät das Versteck, die Bullen kommen hin und ... wen finden sie anstelle von Giovanni?

GIOVANNI Wen finden sie?

BLONDI Dich.

GIOVANNI Mich?

BLONDI Dich. Ohne Bart und Brille. Mit Giovannis Papieren in der Tasche. Du läßt dich verhaften, und nach ein paar Tagen machst du Stunk. »Ihr habt euch geirrt ... Ich bin nicht Giovanni.« Aber sie verziehen keine Miene und Pitsch-patsch: immer in die Fresse.

GIOVANNI In die Fresse? Mir?

BLONDI Nicht dir, du bist doch nicht Giovanni!

GIOVANNI Ja, richtig.

BLONDI Nach einiger Zeit hören sie auf mit den Ohrfeigen und lassen dich das Protokoll unterschreiben. Luisa wird freigelassen, weil sie ihnen den Tip gegeben hat, und sowie die Polizei sich etwas beruhigt, verzieht sich die ganze Bande nach Frankreich, und wir machen uns ein paar schöne Wochen.

GIOVANNI Und ich?

BLONDI Sobald wir in Frankreich sind, geben wir dir Bescheid, und du sagst ihnen, wer du in Wirklichkeit bist.

GIOVANNI Und wer bin ich?

BLONDI Das ist egal. Hauptsache, du bist nicht Giovanni. Dann lassen sie dich laufen.

GIOVANNI Ich mach mit. Das überzeugt mich.

BLONDI Sehr schön. Komm, ich mach dich los.

GIOVANNI Danke dir.

BLONDI Jetzt den Rasierapparat. Du wirst ein perfekter Doppelgänger. Beeil dich, es ist alles vorbereitet. In einer halben Stunde kommt der Wagen und holt uns ab.

GIOVANNI In einer halben Stunde schon? *(Er klettert herunter und geht ganz krumm.)*

BLONDI He, wie läufst denn du?

GIOVANNI Wußtest du das nicht? Ich gehe schon die ganze Zeit so. Seit ich da oben auf der Hühnerleiter sitze, bin ich total ...

BLONDI *(lacht)* Oh, nein, ich lach mich krumm!

GIOVANNI Nur morgens, wenn ich aufwache, kann ich gerade stehen.

BLONDI Ach so?

GIOVANNI Ja, aber sobald ich die Hose anziehe, gehe ich wieder krumm.

BLONDI Wieso das denn?

GIOVANNI Wegen der Hose. Die ist auch schon ganz steif.

Licht aus.

2. Szene

Luisas Wohnung. Der falsche Giovanni hockt wieder auf der Leiter mit Bart und Brille. Auftritt Luisa, Blondi, Angela und Luigi.

GIOVANNI Na, war es eine schöne Leiche?

BLONDI Hervorragend! Ein richtiges Gangstertreffen ... Sogar aus Palermo war einer da.

GIOVANNI Warst du etwa auch auf dem Friedhof?

BLONDI Bin ich blöd? Ich hatte mich im Pissoir versteckt, aber ich bin fast geplatzt vor Lachen, wie der Totenwagen vorbeikam. Es war eine Farce!

ANGELA Ja, es war wunderbar!

GIOVANNI Waren Sie auch in dem Pissoir?

ANGELA *(mit gespielter Entrüstung)* Keine Geschmacklosigkeiten, bitte. Noch dazu, wo Sie jahrelang auf seine Kosten gelebt haben. Sie sollten ihm dankbar sein!

LUISA Hört auf! Seid still! Und du, komm endlich runter da oben!

GIOVANNI Mir ist diese Stellung zwar in Fleisch und Blut übergegangen. Aber wenn du unbedingt willst ... *(Er kommt herunter.)*

ANGELA *(tut so, als müßte sie weinen)* Der arme Giovanni! Wer hätte gedacht, daß er so enden würde! *(Der Blonde und Luigi können nicht an sich halten und müssen lachen, weil Giovanni so krumm geht.)* Was ein schreckliches Ende!

LUISA Ich weiß. Wenn er jemanden umbrachte, war er viel feinfühliger. Er schoß die Leute immer in den Kopf, um den Anzug nicht zu beschmutzen.

ANGELA Schämen Sie sich, Luisa, so zu reden über Ihren armen Mann. Er hat sich umbringen lassen, nur damit Sie aus dem Gefängnis kommen. Er hatte Größe!

BLONDI Sein Kopf war groß, das stimmt. Sein Gehirn wog über zwei Kilo, wie sie ihn untersucht haben.

LUISA Das wird das viele Blei gewesen sein.
(Der Blonde und Luigi lachen laut.)

BLONDI Das ist gut! Das ist gut!

LUISA Hört auf zu lachen und geht endlich! Raus hier!

BLONDI Das gilt nicht. Erst reißt sie Witze, und dann schmeißt sie uns raus, wenn wir uns amüsieren!

LUISA Ihr sollt abhauen, habe ich gesagt.

ANGELA Kommen Sie, Luisa, gehn Sie zu uns und trinken Sie erst mal eine schöne Tasse heiße Brühe. Luigi begleitet Sie hinauf. Ich räume ein bißchen auf in der Zeit. *(Luisa und Luigi ab.)*

GIOVANNI Kinder, jetzt hört auf, dumme Witze zu machen. Die arme Frau ist völlig fertig!

BLONDI Du hast recht, Giovanni, aber es war schon komisch ...

ANGELA Ich fand es makaber. Die Fotografen und Journalisten, die sich gegenseitig fast ins Grab warfen; der Kommissar, der sich vor deinem Sarg in Positur stellte wie D'Annunzio nach der Einnahme von Fiume; und dann erst die Blaskapelle.

GIOVANNI Was? Sogar mit Blaskapelle?

ANGELA Kannst du dir vorstellen, daß sie die Noten für den Totenmarsch vergessen hatten?!

GIOVANNI Ja und?

ANGELA Sie mußten das einzige Stück spielen, das sie auswenig konnten.

GIOVANNI Sag's mir.

ANGELA »Junge, komm bald wieder ...«

GIOVANNI Oh, nein ... Scheiße, immer wenn's lustig wird, bin ich nicht dabei ...

ANGELA Wenn der Kommissar wüßte, an wessen Beerdigung er teilgenommen hat ...

GIOVANNI Das Schönste ist, daß er glaubt, *sie* hätten ihn erschossen!

ANGELA Und wer hat ihn erschossen?

GIOVANNI Ich natürlich! Sonst hätten sie ihn vielleicht noch lebend gekriegt. Er war zwar blöd, aber gemerkt hat er trotzdem was.

BLONDI Ja, es war gute Arbeit. Das hätten Sie sehen müssen, Angela. Wir saßen unten im Keller, wie die Polizei das Haus umstellt hatte und schrie: »Kommen Sie raus, Giovanni Gallina.« Er rief: »Los spring!« Aber der Blödel wollte nicht gleich. »Sie schießen!« – »Los raus, sonst schieße ich!« Und schon: Rattattattat!

GIOVANNI Ja, Rattattattat! Aber erst hat er auf mich geschossen?

BLONDI Auf dich?

ANGELA Womit denn?

GIOVANNI Mit einer der Duellpistolen. Schau hin, da fehlt eine.

ANGELA Wahrhaftig.

GIOVANNI Zum Glück hat er mich nur gestreift. Hier ist sie lang. Aber wenn ich im Profil gestanden hätte ...

BLONDI Dann hat dieser Blödmann nur so getan, als hätte er einen Dachschaden, und hat die ganze Sache getickt gehabt.

GIOVANNI Das kannst du wohl sagen. Um ein Haar wäre unser schöner Plan schiefgegangen. Zum Glück hat sich die Polizei nicht dafür interessiert, von wem die Kugeln waren, die er im Kopf hatte. Hier, laß das Ding verschwinden.

BLONDI Aber das ist ja die Duellpistole.

GIOVANNI Die habe ich ihm auch noch ins Hirn gebrannt.

ANGELA Und wo ist die andere?

GIOVANNI Die habe ich weggeworfen. Aber jetzt tut mir einen Gefallen und verdrückt euch. Ich bin müde. *(Der Blonde hantiert mit zwei Zitronen wie ein Jongleur.)* Und du hör auf, mit den Zitronen rumzuspielen. Leg sie in den Korb zurück, statt sie andauernd mit deinen Schmutzgriffeln zu betatschen.

BLONDI Aber das sind doch gar keine richtigen Zitronen. *(Lacht)* Das sind Handgranaten.

GIOVANNI *(nimmt ihm die Zitronen weg, betrachtet sie und legt sie in den Obstkorb)* Die sind aber gut getarnt.

BLONDI Und ob! *(Nimmt zwei Zitronen.)* Man kann sie kaum unterscheiden. Auf die Weise habe ich immer eine Geheimwaffe dabei, wenn ich mal verhaftet werde.

GIOVANNI Gib acht, daß sie dir nicht in der Hosentasche explodiert, deine Geheimwaffe. Jetzt macht euch fort! Und die nächsten zwei Wochen keine Hausbesuche, verstanden?

ANGELA Ich auch nicht?

GIOVANNI Du gehst nach oben, sagst, es ginge dir nicht gut, legst dich zu Bett, und ich komme nachher zur Visite.

ANGELA *(lacht und geht, gefolgt vom Blonden)* Oh, ja, das machen wir.

BLONDI Zwei Wochen und dann: »Das ist Paris, mit seinen Frauen ...!«

ANGELA Bis bald!

GIOVANNI Bis zum nächsten Einsatz!

ANGELA UND BLONDI Aber immer!

(Luisa kommt herein und sieht, daß Giovanni nicht krumm geht.)

ANGELA *(im Hinausgehen)* Denken Sie daran, Luisa, immer tüchtig was essen, Sie haben es nötig.

GIOVANNI *(bemerkt, daß Luisa in der Nähe ist, und nimmt schnell die gebeugte Haltung ein)* Wie war dein Süppchen?

LUISA Sehr gut. Aber ... du brauchst nicht ständig in dieser anstrengenden Haltung zu laufen, wo du so schön gerade stehen kannst, wie wir wissen.

GIOVANNI Das wollte ich auch schon vorschlagen. Und wo wir gerade dabei sind: Dieses Hindernis ist auch nicht mehr nötig. *(Er nimmt sich den Bart ab.)*

LUISA Sogar der Bart ist falsch.

GIOVANNI Ja, er lag im Kostümschrank. Der richtige war doch zu lästig unterm Dach. Du hast keine Ahnung, wie heiß das da oben ist, wie im Backofen.

LUISA Ich weiß. Aber jetzt, wo Giovannis Zimmer frei ist ...

GIOVANNI Darf ich da schlafen?

LUISA Dann brauche ich nicht mehr bis unters Dach zu klettern, wenn ich dich besuchen will. Jedes Mal die Treppen ...

GIOVANNI Wieviele Male?

LUISA Wieso wieviele Male?

GIOVANNI Ich meine: Wieviele Male hast du mich da oben besucht! Bestimmt mehr als einmal. Immer wenn Giovanni anrief, er käme die Nacht nicht nach Hause, bist du ... tap, tap, tap ... husch ins Bett zu deinem Kindskopf unters Dach!

LUISA So darfst du nicht reden ... Ich bin auch gekommen, wenn er da war.

GIOVANNI Ja, natürlich.

LUISA Sowie er schlief. Vorgestern zum Beispiel ...

GIOVANNI Genau ... Vorgestern ...

LUISA Vorgestern? Was war da?

GIOVANNI Vorgestern hat er geschlafen! Glaubst du, ich entsinne mich nicht?

LUISA Natürlich, wenn du es nicht weißt. Ach, Giovanni!

GIOVANNI Ja, was ist?

LUISA Jetzt bist du reingefallen! Ich war nie bei diesem Kindskopf, egal, ob du da warst oder nicht, weil ich blöd bin und weil ich dich liebe, trotz der vielen Schweinereien, in die du mich reingerissen hast. Und jetzt hör auf zu behaupten, du wärst der Blödel und Giovanni hätte sich für mich umbringen lassen, damit ich aus dem Gefängnis käme.

GIOVANNI Meinetwegen, du hast es gerafft: Ich bin Giovanni. *(Er versetzt ihr einen kräftigen Schlag auf den Hintern. Luisa schaut ihn böse an.)* Erkennst du die Handschrift?

LUISA Ja, leider. Und statt dir liegt dieser arme Trottel unter der Erde.

GIOVANNI Es war ein Unglücksfall.

LUISA Ich hab' es gehört. Du hast ihn rasiert, ihm deine Sachen angezogen, deinen Ausweis in die Tasche gesteckt, um die Polizei zu täuschen, und dann hat er auf dich geschossen, und du bist umgekommen. Wie das Schicksal so spielt.

LUISA Mein Gott, Luisa, hast du ein Näschen! Ich habe immer gesagt: Du bist unheimlich helle, wenn es dunkel ist. Geh, mach mir was zu essen. Beerdigungen machen mich immer so hungrig.

LUISA Mach dir selber was! Ich gehe!

GIOVANNI Wohin?

LUISA Heute auf der Beerdigung war mein Mann.

GIOVANNI Na und?

LUISA Er meint, ich kann jederzeit zu ihm zurückkommen.

GIOVANNI Du bleibst hier.

LUISA Ich sehe keinen Grund.

GIOVANNI Wenn du ausziehst, muß ich auch raus. Die Wohnung gehört Giovanni, und der ist offiziell tot. Ich muß für immer der Mann ohne Gedächtnis bleiben.

LUISA Entschuldige, aber hast du dich nicht umbringen lassen, um in Ruhe nach Frankreich zu fahren?

GIOVANNI Ich hab mir's überlegt. Ich will nicht nach Frankreich.

LUISA Und wo willst du hin?

GIOVANNI Ich will bei dir bleiben.

LUISA Du willst bei mir bleiben, obwohl ich dich lieber tot als lebendig sähe, schon allein, weil du diesen Tölpel umgebracht hast?

ANGELA *(kommt herein. Zu Giovanni)* Ich bringe Ihnen auch ein bißchen Suppe, obwohl Sie es nicht verdient hätten, weil Sie so häßlich über den armen Giovanni geredet haben ...

GIOVANNI Zu liebenswürdig.

LUISA Ist sie heiß?

ANGELA Oh, ja. Kochend.

LUISA Sehr schön. *(Sie nimmt ihr den Suppentopf ab und stellt ihn auf einen Sessel.)* Bitte setzen Sie sich doch.

ANGELA *(stößt einen Schrei aus)* Sind Sie verrückt geworden?!

LUISA Ja, vielleicht, meine Liebe, und da Ihr Mann versäumt hat, Ihnen das Hinterteil zu versohlen, habe ich etwas nachgeholfen! Sie haben mir einmal den Mann ausgespannt, liebe Angela. Von dem hier lassen Sie gefälligst die Finger! Und jetzt raus!

ANGELA Ich verstehe Sie nicht ... *(Luisa nimmt einige Zitronen aus der Obstschale und bewirft sie damit. Angela flüchtet. Im Hof explodiert eine der Zitronen. Angela schreit. Luisa wirft sich Giovanni in die Arme und schreit ebenfalls.)*

LUISA Oh, Gott, was war das?!

GIOVANNI Der Blonde hat die Zitronen vertauscht. Der Gute! Ohne seine kleine Handgranate hätte ich dich jetzt nicht im Arm.
(Luisa rück von ihm ab.)

Lied: (Zwei Schauspieler singen auf der Vorderbühne.)

Giovanni, sie haben dich beigesetzt in allen Ehren!
Zwei echte Priester in weißen und schwarzen
Talären!
Sie haben dich beerdigt in einem Sarg nach allen
Regeln!
Der zugenagelt war mit weißen und schwarzen
Nägeln!

Das war ein Gepompe fünebre mit Kränzen und
vielen Girlanden!
Aber vorgestern, vorgestern, vorgestern bist du
auferstanden!
Und schon heute, heute, heute hältst du eine Rede!
Vor den allergeachtetesten Ganoven aus Norden
und Süden,
die wir euch jetzt der Reihe nach vorstellen wollen:
Als erster der schnelle Handtaschenräuber und Dieb
Tolle-Ede!
Ferrari und Porsche, die beim Autodiebstahl niemals
ermüden!
Hier haben wir Olle-Flinkbein, einen ganz tollen
Libero,
und hier Fritze Frühstück
und da den Blonden,
die Scharfschützen der Bande. Kennt ihr ja schon!

(Während des Liedes, dessen erster Teil vor geschlossenem Vorhang gesungen wird, kommen die Bandenmitglieder der Reihe nach herein. Oben auf der Balustrade erscheint Giovanni.)

GIOVANNI Frohe Ostern und ein glückliches Neues Jahr!
ALLE *(überrascht)* Giovanni?! *(Nur der Blonde nicht)*
GIOVANNI Ja, derselbe! Gesund und munter wie ein Aal im Schlamm! *(Er kommt langsam die Treppe herunter. Schulterklopfen, Händeschütteln, Männerbegrüßung.)* Gut, Jungs, jetzt wißt ihr Bescheid. Aber das Maul halten. Die Einzelheiten erfahrt ihr später. Setzt euch, ich muß euch eine kleine Geschichte erzählen. Wenn man stirbt, kriegt man seltsame Gedanken, und da ist mir einiges durch den Kopf gegangen. Unsere Arbeitsweise ist total veraltet. Bis jetzt haben wir jeder auf eigene Rechnung geschuftet ... und manchmal sogar gegeneinander. Du, Ferrari, hast letzt'n Herbst zum Beispiel drei Wagen übernommen, aber zur gleichen Zeit waren Tolle-Ede, Porsche und Little-Aldo ebenfalls im Autogeschäft tätig, so daß insgesamt 13 Wagen auf dem Markt waren. Von einem Tag auf den anderen. Moral: Ihr konntet die Preise nicht halten, und Ferrari mußte

nach außerhalb verkaufen, wo sie ihn haben hochgehen lassen.

FERRARI Was haben diese Unglücksraben auch im Autogeschäft zu suchen? Das war immer mein Bier. Sie haben den Markt ruiniert!

FRITZE FRÜHSTÜCK Das mußt du gerade sagen! Wenn du Uhren verkaufen läßt, die in Frankreich geklaut werden, so daß wir unter Kosten verkaufen müssen.

(Die Ganoven geraten sich in die Haare. Giovanni zieht sie mit Gewalt auf ihre Stühle zurück.)

GIOVANNI Hört auf und spitzt eure Lauscher: Ich habe euch nicht herbestellt, um zu streiten, sondern um euch zur Vernunft zu bringen. Und wenn ihr jetzt nicht Ruhe gebt, lasse ich den Blonden von der Leine ...

BLONDI *(sitzt oben auf der Leiter)* Ruhe jetzt, sonst läßt er mich von der Leine.

GIOVANNI Also: Wir haben gesehen, daß wir nur Unheil anrichten, wenn jeder auf seine Rechnung arbeitet, und deshalb gründen wir eine Genossenschaft.

ALLE Eine Genossenschaft?!

BLONDI Jawohl! Eine Genossenschaft!

EDE Und warum?

BLONDI Richtig! Warum?

GIOVANNI *(haut ihm auf den Fuß)* Hört zu. In den letzten Tagen, die ich hier im Haus eingesperrt war, habe ich in diesen Büchern gelesen, zum Zeitvertreib. Alles Prozeßberichte, hochkarätige Fälle. Dabei habe ich festgestellt, daß die Rechtsanwälte und Staatsanwälte sich zu allen Zeiten große Mühe gegeben haben, uns hereinzulegen, während wir nicht das geringste oder fast nichts dagegen unternommen haben. Wir schreiben das Jahr 1925, die Menschheit hat gewaltige Fortschritte gemacht, und wir arbeiten als einzige noch wie vor 1000 Jahren. Wir sind politisch heimatlos!

OLLE-FLINKBEIN Wenn ich das recht verstehe, möchtest du uns eine neue Heimat verschaffen und eine Gewerkschaft gründen?

GIOVANNI Du sagst es ... Eine Gewerkschaft mit Vorstand, Streikrecht und so weiter!

FRITZE FRÜHSTÜCK Und wen sollen wir bestreiken? Die Juweliere? Wir schreiben ihnen, wenn sie nicht aufhören, überall Alarmanlagen anzubringen, kommen wir nicht mehr klauen.

GIOVANNI Da gibt's nichts zu spotten! Du bist nahe dran! Welche Garage in deiner Gegend geht am besten?

FRITZE FRÜHSTÜCK Was eine Frage! Die in der Via Scalari.

GIOVANNI Gut. Wo klaut ihr die meisten Autos, du und deine Leute?

FRITZE FRÜHSTÜCK Ja, auch um die Via Scalari. Was soll die Frage?

BLONDI Ja, warum fragst du?

GIOVANNI *(haut ihm abermals auf den Schuh und wendet sich wieder den anderen zu)* Begreifst du nicht, daß die Garage immer voll ist, weil die Autobesitzer, dank eurer Arbeit, Angst haben, ihre Wagen auf der Straße stehen zu lassen? Ihr klaut, und die Garage macht das Geschäft!

BLONDI Ihr Idioten! *(Er schlägt sich selber auf den Fuß, um Giovanni zuvorzukommen.)*

GIOVANNI Versucht einmal, ein paar Monate nicht zu klauen! Wißt ihr, was dann passiert?

BLONDI Und was passiert?

GIOVANNI Die Autobesitzer werden nachlässig und stellen ihre Autos wieder auf die Straße, um die Parkmiete zu sparen.

BLONDI Und der Garagenbesitzeer schnallt den Gürtel enger.

GIOVANNI Sehr gut, Blondi, diesmal hast du es kapiert! *(Der Blonde schaut stolz in die Runde.)*

FRITZE Ja, gut, aber was habe ich davon in der Tasche?

GIOVANNI Bis jetzt nichts, weil wir keine Gewerkschaft haben. Aber wenn sie wollen, daß wir weiter klauen, damit ihre Garagen voll sind, müssen sie uns ab sofort pro Diebstahl soundsoviel bezahlen. Und nicht nur die Garagenbesitzer, sondern auch alle anderen, die sich auf unsere Kosten die Wänste mästen und die vor Hunger krepieren würden, wenn wir nicht wären.

ALLE Du hast recht! Es lebe Italien!

GIOVANNI Wer macht mit?

ALLE Ich ... Ich auch ... Ich ebenfalls ... *(Alle heben die Hände hoch.)*

GIOVANNI Danke, das reicht. Der Antrag ist angenommen. Ihr könnt die Arme wieder senken. Bevor ich euch jetzt unsere Satzung vorlese, unsere Verfassung gewissermaßen ...

FLINKBEIN Sogar eine Verfassung?

FRÜHSTÜCK Da hält sich sowieso niemand dran. Das sieht man an der Regierung, was eine Verfassung wert ist!

BLONDI Schnauze! Der Präsident hat das Wort!

(Giovanni schlägt mit dem Hammer auf den Tisch, der explodiert. Es war der Hammer aus der Zauberkiste.)

GIOVANNI Du Scheißkerl, was gibst du mir für einen Hammer ...

BLONDI Ich weiß nicht, er war in dem Zirkuskoffer da ...

GIOVANNI Also, bevor ich jetzt unsere Satzung vorlese, verteilt Blondi die Masken.

ALLE Die Masken?

GIOVANNI Natürlich! Jede Geheimgesellschaft, die sich ernst nimmt, trägt Masken! *(Der Blonde verteilt Pappnasen mit Brillen und Schnurrbärten.)* Los, keine Widerrede! Und schafft die Waffen fort. Ab heute herrscht gewaltfreier Wohlstand. Erheben wir unsere Gläser aus Anlaß dieses zukunftweisenden Tages!

CHOR DER ZUKUNFT

Brüder, reicht die Hand zum Kampfe,
alle vereint im gemeinsamen Bund:
Wer mit uns ist, kommt nicht auf den Hund,
unsere Waffe sei nur noch die Klampfe!

In den Banken sind stählerne Schränke,
Schlösser und Ketten, wohin man auch schaut.
Alles wird von der Versicherung erstattet,
was man auch aufbricht, was man auch klaut.

Nur ein Pfennig sei unser Lohn
für jedes Schlößchen, für jede Kette,
für jeden Geldschrank. Ja, ich wette,
das ergibt schon bald 'ne Million!

Wir sind gewerkschaft, werkschaft, werkschaftlich
und fordern fürchter, fürchter, fürchterlich,
wir streiken uner, uner, unerbittlich,
da weint ihr jämmer, jämmer, jämmerlich!

Doch am Ende, Ende siegen wir,
und dann zahlt ihr, was sich ziemt.
Wir sind schlimmer als das Pfuinanzamt,
das es auch von jedem Gauner nimmt.

Darum reicht die Hand zum Bund,
alle vereint auf Verderb und Gedeih.
Wer mit uns ist, kommt nicht auf den Hund
wie voreinst in der Freimaurerei!

3. Szene

Polizeirevier. Der Kommissar verhört einen Vorbestraften.

KOMMISSAR Scheißkerl! *(Gibt ihm eine Ohrfeige, daß er sich überschlägt)* Hör auf, solche Märchen zu erzählen. *(Neuer Faustschlag)* Über so ein Alibi kann ich nur lachen!

KNACKI Aber so ist es, ich schwöre, Herr Kriminaler: Ich bin gestern abend wirklich bei dem Juwelier eingebrochen!
(Ohrfeigen und Schläge)

KOMMISSAR Du lügst! Seit zwei Monaten hast du keinen Einbruch mehr verübt. *(Serie von Ohrfeigen, wie Massage)* Und was ist mit deinen Arbeitspapieren da? Wie erklärst du die?

KNACKI Die sind gefälscht, Herr Kommissar. Um nicht aufzufallen.

KOMMISSAR Du bist gefälscht. *(Serie von Ohrfeigen und Schlägen. Der Knacki fliegt durch die Luft wie ein Bodenturner und scheint die Schläge kaum zu bemerken. Nach jedem Überschlag schüttelt er sich und landet wieder auf den Beinen.)* Du fällst auf, aber weil du ein blaues Auge kriegst, wenn du nicht aufhörst, so zu lügen. *(Schlag)* Deine Arbeitspapiere sind echt, genau wie deine Lohnsteuerkarte. Also gib's zu, du gehst arbeiten! Kannst du mir sagen, was hier vorgeht? Warum geht ihr auf einmal allesamt arbeiten?

KNACKI Aber Herr Kommissar, letztes Mal haben Sie selber gesagt, ich sollte ein ehrlicher Mensch werden. Und jetzt, wo ich ehrlich bin ...

KOMMISSAR *(tritt den Vorbestraften und tut sich weh)* Du lügst! *(Schmerzensschrei)* Es ist noch zum Wahnsinnigwerden! *(Er hält einen Packen Papiere hoch.)* Ein stadtbekannter Autodieb sucht sich eine Stelle als Straßenkehrer! Ein Handtaschendieb wird Briefträger! Ferrari arbeitet als Milchmann! Der tolle Ede bewirbt sich als Hundefänger. Mehr als zweihundert notorische Verbrecher regulär in Brot und Arbeit. Was wollt ihr damit erreichen?! *(Er tritt aus, trifft aber nur die Wand. Schrei)*

KNACKI Ja, was glauben Sie?

KOMMISSAR Ich weiß, was ihr vorhabt! Und das Schönste daran ist, daß sogar der Minister darauf hereinfällt. »Die übliche Normalisierung in jeder Nachkriegsphase«, heißt es. »Auf jeden Boom folgt ein Rückgang, auch in der Kriminalität« ... *(Schlag und Tritt)* Und die Folgen davon? Einstellungsstop bei der Polizei und wer über 50 ist, geht in Pension.

KNACKI Es tut mir leid für Sie.

KOMMISSAR Nein, nicht leid, mein Lieber. Es ist genau das, was ihr erreichen wollt. *(Schlag)* Und wenn wir hier nur noch mit vier Hanseln rumsitzen ... dann schlagt ihr zu und raubt alles aus! *(Er tut sich abermals weh und schreit.)* Und bis wir neue Leute eingearbeitet haben, räumt ihr sogar die Telefonzellen ab.

KNACKI Gar nicht so dumm, dieser Pope. Da wäre ich nie drauf gekommen!

KOMMISSAR Was für ein Pope?

KNACKI Der mich gestern abend daran gehindert hat, bei dem Juwelier einzubrechen.

KOMMISSAR *(holt aus)* Geht das schon wieder los?

KNACKI Wieso glauben sie mir nicht? Seit fünf Monaten

... Jedesmal, wenn ich einen Bruch machen will ... Zack ... kommt dieser Pope und macht mir Vorwürfe. »Du Streikbrecher, deine Kollegen stehen im Arbeitskampf, und du verrätst sie.«

KOMMISSAR Wie sieht dein Pope aus?

KNACKI Was weiß ich. Wie ein Arbeiterpriester. Redet ständig von Klassenbewußtsein, Gewerkschaft und Pipapo. Von ihm habe ich auch die Arbeitspapiere.

KOMMISSAR Unglaublich! Weißt du wenigstens, wie er heißt und wo seine Gemeinde ist?

KNACKI Ich weiß nur, daß er eine große Nase hat, eine richtige Gurke! Wie aus Pappe.

KOMMISSAR Eine Pappnase?

POLIZIST *(kommt herein)* Ein Hochwürden möchte Sie sprechen, Herr Kommissar. Der Typ ist nicht ganz koscher, er hat eine Nase!

KOMMISSAR Aus Pappe?

POLIZIST Ich habe sie nicht angefaßt!

KOMMISSAR Los, hol ihn rein, beeil dich!

POLIZIST Bitte kommen Sie, Hochwürden ...

GIOVANNI *(als Priester verkleidet mit einer großen Karnevalsnase)* Guten Morgen, mein Sohn. Gott schütze dich!

KNACKI Das ist er ... Wie geht's Pater Gurke?

KOMMISSAR He! Was erlaubst du dir? *(Er schlägt ihn, tut sich jedoch wieder weh und schreit.)*

GIOVANNI Lassen Sie ihn nur. *(Er tritt ihm versehentlich auf den Fuß und bleibt darauf stehen.)*

KOMMISSAR Mein Fuß!

GIOVANNI Ist das Ihrer? Ich bin es gewöhnt, wegen meiner Nase gefrotzelt zu werden. Man nennt mich nur Pater Gurke.

KOMMISSAR Bitte, Pater Gurke, nehmen Sie Platz. Wir sprechen gerade von Ihnen. Stimmt es, daß Sie diesen Witzbold dabei überrascht haben, als er bei einem Juwelier einbrechen wollte?

GIOVANNI Nein, nein! Vielleicht, wenn ich nicht eingeschritten wäre, hätte er eingebrochen. Aber ich kann bezeugen, daß er nichts begangen hat. Eben deshalb bin ich hier.

KOMMISSAR Dann stimmt das, daß Sie rumrennen und die Leute aufwiegeln mit Sprüchen wie: »Du sollst nicht stehlen!«

GIOVANNI Wieso, ist das verboten? *(Er faßt die Hände des Kommissars.)*

KOMMISSAR Nein, nicht im geringsten. Aber Sie müssen verstehen. Seit die Unterwelt sich gewerkschaftlich organisiert hat und dieser verflixte Streik tobt . . .

GIOVANNI Es gibt also kein Gesetz, das vom Dieb verlangt, zu stehlen?

KOMMISSAR Nun ja, die Kirche sollte sich nicht in die Politik einmischen! Seit dieser schreckliche Streik tobt, vergeht kein Tag ohne Beschwerde seitens der Unternehmerschaft . . .

GIOVANNI Leute, die bestohlen werden wollen?

POLIZIST *(tritt ein)* Herr Kommissar?

KOMMISSAR Was gibt es?

POLIZIST Der Justitiar des Versicherungsverbandes.

KOMMISSAR Der mit der langen Nase?

POLIZIST Ja, aber diesmal habe ich sie angefaßt. Sie ist echt.

KOMMISSAR Laß ihn trotzdem rein. Was sagte ich?

KNACKI Kann ich jetzt gehn?

KOMMISSAR Hau ab!

GIOVANNI Darf ich ebenfalls . . .

KOMMISSAR Nein, Pater, ich möchte, daß Sie noch bleiben.

ANWALT *(tritt ein)* Darf ich . . .?

KOMMISSAR Kommen Sie rein, Herr Anwalt. Sie können sich ruhig hinknien . . . *(Der Anwalt reagiert verblüfft, kniet jedoch vor dem Pater nieder. Der Kommissar stellt die Herren vor.)* Pater Gurke. Oh, Verzeihung . . .

GIOVANNI Macht nichts, macht nichts . . .

KOMMISSAR Rechtsanwalt Maurino . . . Also, Herr Anwalt, was haben wir diesmal für ein Problem?

ANWALT Nun, ja, Sie kennen ja die merkwürdige Situation. Die Banken weigern sich, die Prämien für die Versicherungen gegen Banküberfälle zu begleichen. Sie sagen: rausgeworfenes Geld.

KOMMISSAR In gewisser Weise haben sie recht. Wir haben

seit über fünf Monaten keinen Bankeinbruch zu vermelden, nicht einmal Kleinkriminalität. Gestern soll in Bergamo ein Fahrrad gestohlen worden sein. Der reinste Wahnsinn. Der Justizminister hat mir ein Glückwunschtelegramm geschickt. *(Lachen)* Sämtliche Zeitungen, auch die seriösen, hatten die Meldung groß auf Seite eins. Und dann stellte sich heraus, daß die Anzeige von einem Wahnsinnigen stammt, der sich einbildet, Albert Schweitzer zu sein, und niemals ein Fahrrad hatte.

ANWALT Aber so kommen wir doch nicht weiter: Sie müssen etwas unternehmen.

KOMMISSAR *(lacht)* Aber das ist doch lachhaft! Heute morgen kommt der Präsident der Zeitungsverleger und bittet mich händeringend, etwas zu unternehmen. Seit der tägliche Polizeibericht fehlt, sind die Auflagen um die Hälfte gesunken. *(Lachen)* Alles kommt zu mir: die Vertreter des Dachverbandes der Hersteller von Sicherheitssystemen, der Sekretär der Gewerkschaft der Privatpolizei, die Wachhundezüchter, die Wach- und Schließmänner ... Fehlt nur noch die Gewerkschaft der Hehler, und wir haben alle beisammen. Was wollt ihr? Soll ich etwa selber anfangen zu klauen?

GIOVANNI Das dürfen Sie nicht! Das ist Streikbrecherei!

ANWALT Verzeihung, Pater, was haben Sie damit zu tun?

GIOVANNI Sehr viel sogar. Ich bin Vizedirektor einer Anstalt für Strafentlassene. *(Er erregt sich und redet mit schriller Stimme.)* Und es ist meine Pflicht, dafür zu sorgen, daß jeder Straftäter am allgemeinen Wohlstand beteiligt wird, den er mit seiner Hände Arbeit erwirtschaftet.

KOMMISSAR Beruhigen Sie sich, Hochwürden! Es könnte Ihrer Nase schaden, wenn Sie sich aufregen ...

GIOVANNI *(leidenschaftlich)* Erst begründet man eine Gesellschaft auf Diebstahl, und dann bejammert man die Konsequenzen ... *(aggressiv gegen den Anwalt)* Raus hier, raus hier, Sie erbärmlicher Ausbeuter!

ANWALT *(flüchtet ängstlich)* Aber ... der ist ja verrückt!

KOMMISSAR Hochwürden, jetzt übertreiben Sie!

GIOVANNI Ah! Ich übertreibe! Und wenn ich Ihnen sage, daß in dieser Stadt jedes Jahr Millionengeschäfte gemacht werden dank der ehrlichen Schweißarbeit einer Handvoll Einbrecher und Ganoven, bei denen sich niemand bedankt und denen man nicht mal einen Weihnachtsstollen gönnt?

KOMMISSAR Ja, einverstanden, aber diese Situation ist nicht neu. Seit Anbeginn der Welt ...

GIOVANNI Seit Anbeginn der Welt gibt es Ungerechtigkeiten, aber es ist die Aufgabe wahrer Männer, sie zu beseitigen.

KOMMISSAR Und was wollen Sie mit diesem Streik erreichen?

GIOVANNI Daß der Staat uns in der Verfassung anerkennt.

KOMMISSAR Wie stellen Sie sich das vor?

GIOVANNI Durch Einführung eines Satzes im Katalog der Grundrechte. Zum Beispiel: »Einbruch, Diebstahl und andere Eigentumsdelikte stehen unter dem besonderen Schutz des Staates. Sie zu schützen und zu fördern ist das oberste Ziel jeden staatlichen Handelns.«

KOMMISSAR Sie scherzen.

GIOVANNI Im Gegenteil! Dadurch haben wir Anspruch auf gesetzliche Mindestlöhne, Arbeitslosenversicherung, Krankenversicherung und Altersrente. Schluß mit der Expropriation der Expropriateure!

(Zwei Beamte treten ein.)

1. POLIZIST Herr Kommissar, wir haben ein schönes Geschenk für Sie! Los, beweg dich! Schaun Sie, was wir da aufgegabelt haben!

(Der Blonde stolpert herein. Er hat die Haare gefärbt und eine falsche Nase.)

KOMMISSAR Noch einer mit Nase! Ein Verwandter von Ihnen, Hochwürden?

BLONDI Herr Kommissar, ich verstehe das nicht. Da muß ein Mißverständnis vorliegen. Ich weiß nicht, für wen Sie mich halten.

KOMMISSAR Gute Frage. Für wen haltet ihr ihn?

1. POLIZIST Sehn Sie selbst, Herr Kommissar ... *(Zum Blonden)* Nimm die Nase ab! *(Er nimmt sie ihm ab.)* Jetzt erkennen Sie ihn bestimmt!

KOMMISSAR Nein, wer ist das?
2. POLIZIST Der rechte Arm des verstorbenen Giovanni.
KOMMISSAR Aber der war doch blond!
BLONDI Das sage ich ihnen die ganze Zeit, aber sie glauben mir nicht.
1. POLIZIST Natürlich glauben wir ihm. Er hat sich offensichtlich die Haare getönt.
2. POLIZIST Hier seine Papiere . . . Das sieht man auf den ersten Blick, daß die falsch sind! *(Hält dem Kommissar eine Ausweiskarte hin. Der schaut kaum hin.)*
KOMMISSAR Auf den ersten Blick sieht man es nicht. *(Giovanni interessiert sich ebenfalls für die Papiere.)*
GIOVANNI Das sieht man auf den ersten Blick, daß man es nicht auf den ersten Blick sieht.
1. POLIZIST Vielleicht nicht mit bloßem Auge, aber in der kriminaltechnischen Untersuchung.
KOMMISSAR Und wieso sieht man es dann auf den ersten Blick? *(Der Kommissar holt aus, um dem Beamten eine Ohrfeige zu geben. Giovanni streckt den Arm aus und pariert den Schlag. Der Vorgang wiederholt sich und geht in eine Art Mini-Karate-Spiel über.)*
2. POLIZIST Das ist doch logisch! Wenn er der Blonde ist, müssen die Papiere falsch sein.
KOMMISSAR Falls sich aber zufällig ergeben sollte, daß sie echt sind und außerdem ihm gehören . . . ist er nicht der Blonde, und du bist falsch.
2. POLIZIST Ich, falsch? Herr Kommissar!
KOMMISSAR Schluß!
BLONDI Still, ihr seid Fälscher!
KOMMISSAR Wir werden das überprüfen. Ort der Festnahme?
2. POLIZIST Nummer zwei, Via Patroni. In einer Villa im Erdgeschoß. Wir waren auf Streife, Michele und ich, als wir plötzlich hörten, wie in dem besagten Gebäude von einer Schußwaffe Gebrauch gemacht wurde. Wir begaben uns unverzüglich hinein, wo wir besagten Blondi . . . eh, den Herrn hier antrafen, und zwar im Besitz einer Handfeuerwaffe . . .
BLONDI Eine Schreckschußpistole, Herr Kommissar!
KOMMISSAR So! Ihr verhaftet also einen ehrbaren Bürger,

nur weil er in seinen eigenen vier Wänden mit einer Schreckschußpistole spielt? Seid ihr wahnsinnig?

BLONDI Bitte, Herr Kommissar! Vergeben Sie ihnen ...

GIOVANNI Denn sie wissen nicht, was sie tun!

1. POLIZIST Herr Kommissar! Das Haus ist keine gewöhnliche Villa: Es ist das ehemalige Hauptquartier des verstorbenen Giovanni Gallina. Und der Herr da war im Augenblick der Schußabgabe regelrecht umzingelt von den bekanntesten Persönlichkeiten der Unterwelt. Alle maskiert. Da, schauen Sie, sie hatten diese Pappnasen auf. *(Er zeigt eine Schachtel voller Faschingsnasen.)*

KOMMISSAR Du Anfänger! Gibt es ein Gesetz, daß es ehemaligen Straftätern verbietet, zuhause falsche Nasen zu tragen? *(Er haut ihm eine runter.)*

BLONDI Schlagen Sie ihn nicht, Kommissar, jeder kann sich mal irren.

KOMMISSAR Verzeihung ... *(Er zieht den Polizisten beiseite und flüstert ihm zu.)* Das sehe ich auch, daß das der Blonde ist, du Blödmann! Das mache ich doch nur, um den Popen zu enttarnen. Los, spiel mit! *(Laut)* Sei froh Kerl, daß der Herr so verständnisvoll und nachsichtig ist, sonst hätte ich dich gelehrt, wie man anständige Bürger mißhandelt. Los, entschuldige dich! Du auch!

1. POLIZIST Bitte nehmen Sie unsere höchst unterwürfigen Peinlichkeitsbezeugungen entgegen!

2. POLIZIST Wir sind zutiefst bestürzt über unseren Mistgriff!

BLONDI Schon gut, Jungs, sonst muß ich noch heulen.

KOMMISSAR Kommen wir zu den Nasen. Wieso tragen Sie Nasen?

BLONDI Das kann Ihnen Pater Gurke besser erklären. Es ist seine Erfindung.

GIOVANNI Ja, ich habe diese langen Nasen eingeführt. Sie sollen uns daran erinnern, daß wir im Grunde allesamt Brüder sind. Setzen Sie mal eine auf. Nicht so ängstlich! Einmal ist keinmal! *(Er verteilt Nasen, die Beamten setzen sie auf.)* Und nun schaun wir uns gegenseitig an: Scheint es nicht, als kennen wir uns? Haben wir nicht das Gefühl, alle gleich zu sein, nur durch diese Nasen? Fühlen wir uns nicht wie Brüder? So sehr, daß wir Schmerz empfänden, wenn einer von uns abreisen müßte?

BLONDI Oh, ja! Abschied probieren!

ALLE Ja, wir probieren es aus!

GIOVANNI Wir stellen uns vor, wir wären auf dem Bahnhof. Ihr steht auf dem Bahnsteig und verabschiedet mich. Ich stehe am Abteilfenster. Aufgepaßt, jetzt schau ich hinaus. Der Zug fährt an. Ihr winkt mir zu. Der Abschied tut weh ... Tuutuutuu ... Tschtschtschtsch ... *(Er bewegt sich langsam nach rechts.)*

ALLE *(winken ihm nach)* Auf Wiedersehn, auf Wiedersehn, Pater!

GIOVANNI Tuutuut! *(Es gibt einen Ruck.)* Achtung, das war eine Weiche. *(Ab)*

KOMMISSAR *(mit bewegter Stimme)* Ade! Ade! ... Da fährt er hin!

BLONDI *(erleichtert)* Er ist weg ...

KOMMISSAR *(bemerkt den Betrug)* Er ist weg! Holt ihn zurück! Verhaftet ihn!

(Die Beamten stürzen ihm nach und kehren sofort schreiend zurück.)

BEAMTEN Wir haben ihn!

LUISA *(von zwei Beamten festgehalten)* Laßt mich los! Seid ihr verrückt?

POLIZIST Wenn ihr mich fragt, das ist er nicht.

BLONDI Ihr Lümmel, nehmt wenigstens die Nasen ab, wenn ihr mit einer Dame sprecht.

(Die Beamten nehmen mechanisch die Nasen ab und stehen stramm. Dann setzen sie sie wieder auf, als gehörten sie zu ihrer Dienstkleidung.)

LUISA Rührt euch.

BLONDI Was ist passiert, Luisa? Mach keine Dummheiten!

LUISA Laß mich, Blondi, es ist besser so, auch für dich. Wo ist der Kommissar?

KOMMISSAR Hier, hinter der Nase. Setzen Sie sich und erzählen Sie. Ich hab' nicht viel Zeit. Und wehe, ihr unterbrecht sie!

LUISA Herr Kommissar, ich bin froh, daß Ihre Beamten

bei mir eingedrungen sind. Eine Minute später hätten sie einen Toten gefunden. Mit Sicherheit!

KOMMISSAR Wen?

LUISA Giovanni.

BLONDI Luisa, gib acht, was du sagst!

KOMMISSAR *(gibt ihm eine Ohrfeige)* Nicht unterbrechen. Giovanni? Wieso? Will ihn jemand ausgraben? Was wollt ihr mit dem Gerippe?

LUISA Nein, nicht den richtigen Giovanni. Den anderen, den ohne Gedächtnis.

KOMMISSAR Sie meinen den, der auf der Leiter angebunden war? Und wer sollte diesen Trottel umbringen?

LUISA Ich weiß nicht, Sie waren alle maskiert ... Herr Kommissar, bitte, verhaften sie ihn! Sonst wird er umgebracht.

BLONDI Hör auf, Luisa!

KOMMISSAR *(schlägt ihn)* Du störst!

LUISA *(aggressiv zu Blondi)* Ach ja, jetzt soll ich still sein! Erst habt ihr mir den einen weggenommen, und jetzt wollt ihr den anderen auch noch umbringen. Nein, diesmal wehre ich mich!

BLONDI Du Schlampe! *(Schlägt seinerseits den Kommissar)* Nicht unterbrechen!

KOMMISSAR *(erwidert blitzschnell)* Ja, Verzeihung ... Red weiter, Luisa. Wie war das?

LUISA Das war so. Sie wissen von diesem Streik, nicht wahr?

KOMMISSAR In etwa.

LUISA Ja, also, das war eine Idee von meinem Giovanni.

KOMMISSAR Giovanni dem Zweiten? Der sich mit Juristerei beschäftigt?

LUISA Ja, der. Und jetzt hat er auch noch den Komplex, sich als Priester zu verkleiden. Er sagt, es wäre die Kleidung der Zukunft ...

KOMMISSAR Er war es, ich wußte es! Und wir haben ihn entkommen lassen!

BLONDI Nicht unterbrechen!

KOMMISSAR Oh, ja, Pardon! Mach weiter, Luisa.

BLONDI Ja, mach weiter. Damit er uns alle einsperrt. *(Der Kommissar ohrfeigt ihn.)*

LUISA Die Sache, daß niemand mehr klauen sollte, war eine Idee meines Giovanni. Sie verstehn, um abzusahnen.

KOMMISSAR Ja, ja, schon verstanden.

LUISA Ja, und weil die Absahne nicht schnell genug ging und die Bande keine Lust mehr hatte, auf die Sahne zu warten, gab's Streit, und wenn der Blonde vorhin nicht die Schreckschußpistole gezogen hätte, um sie abzuschrecken, hätten sie unseren Giovanni stehenden Fußes erschossen. Verstehen Sie jetzt, warum Sie ihn verhaften müssen?

KOMMISSAR Mit welcher Begründung?

LUISA Mit der Begründung, daß er der echte Giovanni ist. Ihr habt den falschen begraben, den ohne Gedächtnis.

BLONDI Das wirst du mir büßen, Luisa! *(Läuft zum Ausgang)*

KOMMISSAR Laßt ihn nicht entkommen!

BLONDI Keine Bewegung ... *(Zeigt eine seiner Zitronen hoch)* Das ist eine Handgranate.

LUISA Oh, mein Gott!

BLONDI Das Ding ist entsichert! *(Er wirft sie dem Kommissar zu, der sie einem Beamten zuwirft und so weiter, bis sie bei Luisa landet.)*

LUISA Oh, Blondi, mach das weg!

(Der Kommissar und die Beamten laufen entsetzt hinaus.)

BLONDI *(lacht wie verrückt)* Luisa, das ist doch gar keine Bombe. Es ist eine Zitrone, die nur so aussieht ... Die Bomben, die wie Zitronen aussahen, waren mir zu gefährlich. *(Er wirft sie nach draußen. Gewaltige Explosion)* Gott, was ein Durcheinander. Vor lauter Tarnung klappt nichts mehr: Zitronen, die aussehen wie Bomben, Bomben wie Zitronen! Ab morgen arbeite ich mit Bananen. *(Ab)*

LUISA Blondi, Blondi, bleib da! Laß mich nicht alleine!

GIOVANNI *(tritt in Retterpose auf)* Du bist nicht alleine, Luisa! Ich bin bei dir.

LUISA Giovanni, was machst du hier? Willst du dich verhaften lassen?

GIOVANNI Nicht im Traum!

LUISA Aber versteh doch, sie wollen dich umbringen. Das Gefängnis ist der einzige Ort, wo du sicher bist. Vorausgesetzt, du trinkst keinen Kaffee!

GIOVANNI Und du bist vielleicht die einzige, die mir nicht den Tod wünscht. Kaum glaublich. Wenn ich daran zurückdenke, wie du mich angesehen hast nach der Beerdigung. Dein Haß, als du merktest, was passiert war. Hast du mir wirklich vergeben?

LUISA Ja, ich habe dir vergeben. Du hast dich geändert. Es ist, als ob aus euch zweien einer geworden ist. Und auch, wenn du jetzt lebenslänglich kriegst ...

GIOVANNI Ich kriege kein lebenslänglich.

LUISA Vielleicht nicht. Viele Sachen sind bestimmt schon verjährt.

GIOVANNI Nein, nicht deswegen.

LUISA Weshalb dann?

GIOVANNI Luisa, ich bin nicht Giovanni!

LUISA Wie bitte?

GIOVANNI Ja, so ist es. Ich habe dich die ganze Zeit angelogen, aber ich konnte nicht anders ...

LUISA Aber Giovanni! Jetzt verstehe ich nichts mehr.

GIOVANNI Hör zu. An dem Tag, als sie mich in die Meierei gebracht haben, wo ich auf den richtigen Giovanni warten sollte, habe ich sofort gemerkt, daß sie mich umlegen wollten, und deshalb hatte ich die einzige Waffe mitgenommen, die ich finden konnte ...

LUISA Die Sportpistole?

GIOVANNI Ja, die. Als ich dann mit ihm alleine war und er mich zwingen wollte, nach draußen zu gehen ... Ich weiß nicht, woher ich den Mut hatte, ihn zu erschießen. Genau wie er: direkt durch die Jackentasche. Das Komische war: Als ich später mit den anderen zusammen war, hatte ich nicht die geringste Mühe, so zu tun, als wäre ich wirklich Giovanni. Ich lachte, schrie herum und machte sogar Witze. Vielleicht hast du recht: Aus zweien ist einer geworden; halb er und halb ich.

LUISA Zum Wahnsinnigwerden! Glaubst du, daß wir den Kommissar und die Richter von der Geschichte überzeugen können?

(Hinter dem Vorhang im Hintergrund kommen der Kommissar und die zwei Polizeibeamten hervor.)

KOMMISSAR Wieso sollten wir die Geschichte nicht glauben? Wir hatten nie einen Zweifel, daß wir den echten Giovanni begraben hatten. Wir haben damals gleich die Fingerabdrücke geprüft. Und was die Todesursache betrifft: Sie haben zweifellos in Notwehr gehandelt und der Menschheit noch dazu einen Dienst erwiesen. Also gehen Sie beruhigt nach Hause. Ach ja, einen Rat muß ich Ihnen trotzdem noch geben: Hören Sie auf mit dem albernen Streik.

GIOVANNI Das kommt nicht in Frage. Ich kämpfe, bis uns die Regierung eine prozentuale Beteiligung an jedem Eigentumsdelikt zugesteht, das in unserem Lande begangen wird. Ausgenommen natürlich Beamtendelikte.

KOMMISSAR Dann verhafte ich Sie!

GIOVANNI Mit welcher Begründung?

KOMMISSAR Paragraphen 132, 132a. Amtsanmaßung, Mißbrauch von Amtskleidung durch Verwendung einer Soutane etc. Sie haben sich als Vizedirektor einer kirchlichen Anstalt für Strafentlassene ausgegeben. Ich kenne den Direktor, Don Antonio, und habe schon nach ihm schicken lassen. Wir kommen zur Gegenüberstellung. Das wird ein Spaß!

GIOVANNI Lassen Sie ab, es könnte Sie reuen.

KOMMISSAR Bitte, Don Antonio, kommen Sie näher: Hier ist ein Kollege von Ihnen, *(durch die rechte Tür kommt ein alter Priester)* der behauptet, Sie zu kennen. Was sagen Sie dazu?

DON ANTONIO *(schaut Giovanni fassungslos an und umarmt ihn dann)* Nein ... nicht möglich ... Don Filippo ... Aber wo sind Sie die ganze Zeit gewesen?

GIOVANNI *(völlig überrascht)* Er kennt mich!

KOMMISSAR Sie kennen ihn?

LUISA Er kennt ihn!

DON ANTONIO Wie auch nicht! Er war mein erster Schüler am Priesterseminar. Dann, im April 1918, war er plötzlich verschwunden. Ich dachte, er hätte den Glauben verloren, uns verlassen, und statt dessen sehe ich, daß er seiner Berufung treu geblieben ist! Brav so, mein Sohn!

GIOVANNI *(hält dem Kommissar die Arme hin)* Herr Kommissar, bitte verhaften Sie mich! Rasch!

KOMMISSAR *(mit einem Bedauern)* Don Filippo ...

LUISA *(umarmt ihn)* Giovanni! ... Filippo! ...

DON ANTONIO Kommen Sie, Don Filippo. *(Er zieht ihn weg.)*

LUISA *(verzweifelt)* Filippo ... Filippo ... *(Bleibt wie festgenagelt in der Mitte der Bühne stehen)*

BLONDI *(kommt auf die Bühne gelaufen. In Priestertracht mit einem Weihrauchgefäß)* Don Filippo! Don Filippo! Warten Sie. Nehmen Sie mich mit ...

Vorhang

Ende

Nachwort

Irgendwann nach dem ersten Weltkrieg wird ein Taugenichts aufgegriffen, der behauptet, sein Gedächtnis verloren zu haben. Ein Kriegsversehrter womöglich, der von einer reichen Dame von Stand als der vermißte Gatte wiedererkannt wird. Alle Beweise sprechen dafür, daß sie einem Betrüger zum Opfer gefallen ist, aber sie hält zu ihm, holt ihn aus dem Elend, gebiert ihm Kinder und macht ihn reich.
Ein Illustriertenstoff also, der die italienischen Gerichte und die Regenbogenpresse jahrelang beschäftigte. »Lo smemorato di Colegno«, sagte man damals, wenn einer so tat, als könne er sich an nichts erinnern. »Spiel bloß nicht den Vergeßlichen von Colegno«.
Wer Fo's Stück liest, wird nur Ansätze dieser Geschichte entdecken, aber als der bekannte Autor Leonardo Sciascia den Stoff 1981 in seinem Buch »Il teatro della memoria«[1] historisch akribisch darstellte, behauptete Fo plötzlich, »Der Vergeßliche von Colegno« habe zu seiner Jugendlektüre gehört und ihn zu »Er hatte zwei Pistolen ...« inspiriert. Mag sein, daß er hier, wie so oft, sein Publikum bewußt foppen wollte.
»Er hatte zwei Pistolen ...« war 1960 die zweite Produktion der soeben gegründeten Schauspieltruppe Dario Fo/Franca Rame. Der große Erfolg der Fo'schen Farcen »Diebe, Damen, Marionetten«[2] und »Komisches Finale« an Italiens wichtigster Sprechbühne, dem Piccolo Teatro, hatte dem Ehepaar Fo/Rame die Möglichkeit eröffnet, an einer der größten Mailänder Bühnen zu spielen, dem Odeon. Erstmals hatten sie ein eigenes Theater. Die sieben Stücke, die zwischen 1959 und 1967 entstanden, begründeten ihren Aufstieg und machten vor allem den Autor Fo zum Publikumsliebling und gefeierten Theatermacher, der der Sprechbühne noch einmal zu einer Popularität verhalf, die im TV-Zeitalter schon undenkbar zu sein schien.
Den Anfang bildete 1959 »Erzengel flippern nicht«[3], und am Ende dieser Phase stand, nun schon mitten in der Studentenbewegung, »Die Frau zum Wegschmeißen«[4] – eine satirische

und clowneske Allegorie auf die USA. »Die Frau zum Wegschmeißen« meint den nordamerikanischen Imperialismus mit seinen inneren Widersprüchen, Präsidentenmorden und seiner mörderischen Außenpolitik.

Dazwischen liegen hinreißende Komödien, wie »Wer einen Fuß stiehlt, hat Glück in der Liebe«[5], »Isabella, drei Caravellen und ein Scharlatan«[6] und »Siebtens: Stiehl ein bißchen weniger«[7]. In diesen Stücken erarbeitet Fo sich gewissermaßen sein Handwerkszeug und entwickelt seine Vorstellung vom neuen Volkstheater, frei vom Muff der Stadttheater, die es ihm dann ermöglicht, ohne Bruch mit der eigenen Geschichte zum Agitator und Propagandisten der neuen Linken zu werden.

Der Aufbruchsituation Mitte der 60er Jahre nähert er sich schrittweise und hat, als die Verhältnisse schließlich zum Tanzen kommen, sein Repertoire beisammen. Dabei sind Stücke, wie »Er hatte zwei Pistolen ...«, natürlich auch Ergebnis einer Entwicklung.

In den 50er Jahren hatte Fo die Theaterarbeit eine Weile zurückgestellt und für den Film als Ideenlieferant gearbeitet. Als er 1958 zum Theater zurückkehrte und mit »Diebe, Damen, Marionetten« reüssierte, waren seine Skizzenblöcke voll ungenutzter, komischer Einfälle. Er brauchte nur noch auf die Bühne zu bringen, was den römischen Filmleuten zu heiß und zu anstößig erschien.

Wer sich für Fo's Theater interessiert, kommt um die Stücke der Zeit am Odeon nicht herum. Die Konstellationen und Figuren der Arbeiten der späten 60er und der 70er Jahre sind in den sieben Komödien bereits vorgeprägt. Nur eine Andeutung: Der Mann ohne Gedächtnis in »Er hatte zwei Pistolen ...« ist auch der entführte Agnelli in »Hohn der Angst«[8], und das Verwirrspiel um die alte Bühnenfrage: »Wer ist denn nun wirklich wer?« durchzieht eine ganze Reihe von Fo-Stücken: vom Polizisten in »Bezahlt wird nicht«[9] über den Verrückten in »Zufälliger Tod eines Anarchisten«[10] bis zu der Millionärin, die (wie Agnelli) entführt werden soll, in dem 1986 aufgeführten Stück um Banken, Bosse und Banditen: »Der Raub der Franziska«[11].

Wer Spaß an Aberwitz und unbegreiflichen Zusammenhängen hat, wie sie schon den authentischen Fall des Vergeßlichen von Colegno auszeichneten, wird bei Fo immer auf seine Kosten kommen. Mit Logik dagegen ist keinem seiner Stücke beizukommen, und die Frage, ob eine bestimmte Handlungsabfolge schlüssig sei, erscheint widersinnig. Dem Aberwitz der Welt setzt Fo den Aberwitz seiner Fabeln und Figuren entgegen.

Peter O. Chotjewitz

Literatur

1 Aufzug der Erinnerung, Benzinger Verlag, Zürich, Köln 1984
2 Diebe, Damen, Marionetten, Verlag der Autoren, Frankfurt/Main 1987
3 Erzengel flippern nicht, (Rollenbuch) Verlag Autorenagentur, Frankfurt/Main
4 Die Frau zum Wegschmeißen, Henschel Verlag, Berlin (DDR) 1980
5 Wer einen Fuß stiehlt, hat Glück in der Liebe, Verlag der Autoren, Frankfurt/Main 1985
6 Isabella, drei Caravellen und ein Scharlatan, (Rotbuch 316), Rotbuch Verlag, Berlin 1986 und (Rollenbuch) Verlag Autorenagentur, Frankfurt/Main
7 Siebtens: Stiehl ein bißchen weniger, (Rollenbuch) Henschel Verlag, Berlin (DDR)
8 Hohn der Angst, (Rotbuch 252), Rotbuch Verlag, Berlin 1981 und Verlag Autorenagentur, Frankfurt/Main
9 Bezahlt wird nicht, (Rotbuch 166), Rotbuch Verlag, Berlin 1977 und Verlag der Autoren, Frankfurt/Main
10 Zufälliger Tod eines Anarchisten, (Rotbuch 188) Rotbuch Verlag, Berlin 1978 und Verlag der Autoren, Frankfurt/Main
11 Der Raub der Franziska, (Rollenbuch) Verlag Autorenagentur, Frankfurt/Main

Franca Rame und Dario Fo im Rotbuchprogramm

Franca Rame / Dario Fo, *Offene Zweierbeziehung / Eine Mutter / Die Vergewaltigung*
Drei Stücke und eine Nachbemerkung zu Franca Rame
Rotbuch 301. 96 Seiten. DM 12

Dario Fo, *Elisabetta / Isabella, drei Karavellen und ein Scharlatan*
Rotbuch 316. 208 Seiten. DM 16

Franca Rame und Dario Fo, *Nur Kinder, Küche, Kirche*
Dario Fo, *Mamma hat den besten Shit*
Zwei Stücke und ein Bericht über Franca Rame
Rotbuch 202. 240 Seiten. DM 14

Dario Fo, *Bezahlt wird nicht*
Eine Farce.
Rotbuch 166, 96 Seiten. DM 8

Dario Fo, *Einer für alle, alle für einen! Verzeihung, wer ist hier eigentlich der Boß? / Zufälliger Tod eines Anarchisten*
Rotbuch 188. 192 Seiten. DM 12

Dario Fo, *Hohn der Angst*
Eine Farce über die Entführung einer hochgestellten Persönlichkeit
Rotbuch 252. 144 Seiten. DM 10

Dario Fo, *Obszöne Fabeln / Mistero Buffo*
Szenische Monologe
Rotbuch 284. 160 Seiten. DM 12

Über unser vollständiges Programm informiert
Sie alljährlich unser Almanach »Das kleine Rotbuch«
Rotbuch Verlag Potsdamer Str. 98 1000 Berlin 30